Déjà parus :
Les Comédiennes de Monsieur Racine
Le Secret de Louise
Charlotte la rebelle
La Promesse d'Hortense
Le Rêve d'Isabeau
Éléonore et l'alchimiste
Un corsaire nommé Henriette
Gertrude et le Nouveau Monde
Olympe comédienne
Adélaïde et le Prince noir
Jeanne, parfumeur du Roi

© Flammarion, 2013
87, quai Panhard-et-Levassor – 75647 Paris Cedex 13
ISBN : 978-2-0812-8653-5

ANNE-MARIE DESPLAT-DUC

Les Colombes du Roi-Soleil

VICTOIRE ET LA PRINCESSE DE SAVOIE

Flammarion

Turin

CHAPITRE

1

J'ai pour nom Marie-Adélaïde de Savoie.

Je suis née à Turin dans la principauté du Piémont le 5 décembre 1685. Ma sœur, Marie-Louise, a trois ans de moins que moi.

Notre père, Victor-Amédée II, porte le titre de duc de Savoie. Il règne sur la Savoie, la Bresse, le pays de Gex, le Bugey, le comté de Nice et sur une partie du Génois. Il est aussi prince du Piémont. Notre mère, Anne-Marie[1], et notre grand-mère nous ont dispensé toute leur tendresse.

J'ai donc grandi entourée de ma famille, vivant dans les différents domaines que possédaient mes

1. Anne-Marie était la seconde fille de Philippe d'Orléans, frère de Louis XIV, et d'Henriette d'Angleterre.

parents. Mon enfance a été assez libre et j'entends encore ma mère se plaindre :

— Marie-Adélaïde ! Marie-Louise ! cessez de courir ainsi, vous allez vous échauffer !

Elle était abritée sous son ombrelle et avançait à pas mesurés dans l'allée du parc du château du Valentino[1] où nous séjournions en cet été 1695. À son côté marchait notre grand-mère, Marie-Jeanne de Savoie, qui se faisait appeler Madame Royale. Elle avait cinquante et un ans et se portait à merveille. Elle m'aimait beaucoup et je le lui rendais bien. Nous étions même assez complices et elle me pardonnait plus facilement ma vivacité que ma mère.

— Vous fêterez bientôt vos dix ans, Marie-Adélaïde, il est temps d'apprendre à vous conduire comme une demoiselle de qualité !

— Marcher lentement est fort ennuyeux, et puis Marie-Louise aime jouer à chat !

— Marie-Louise n'a pas encore sept ans !

— Si votre père était là, il serait fort mécontent de vous, m'assena ma mère pour essayer de se faire obéir.

Je voyais peu mon père et je souffrais de son absence.

La plupart du temps, je vivais avec la princesse Délia Cisterna ma gouvernante, Mme des Noyers

---

1. Château du Valentino (Castello del Valentino) est à Turin.

ma sous-gouvernante, ma sœur adorée, notre mère et notre grand-mère.

— Oh, père se soucie si peu de nous ! répondis-je avec amertume.

— Votre père est très occupé, m'expliqua notre mère, et puis... et puis...

Elle soupira avant d'ajouter :

— Et puis vous n'êtes que des filles et les hommes préfèrent les garçons pour assurer leur lignée. Et moi, pour mon malheur, je n'ai, jusqu'à ce jour, enfanté que des filles.

Un peu marrie par la tristesse qui pointait dans sa voix, je m'informai :

— Et vous, maman, êtes-vous triste d'avoir deux filles ?

Elle sourit d'une manière peut-être un peu forcée et, après avoir posé un baiser sur nos fronts, elle poursuivit :

— Dieu m'a donné trois belles princesses et je l'en remercie chaque jour, même si ma petite Marie-Anne a rejoint le ciel alors qu'elle n'avait que trois ans.

Notre grand-mère crut utile d'insister :

— Certes, mais il faut un prince à la Maison de Savoie, sinon la France, l'Espagne, l'Italie, les Pays-Bas se partageront notre territoire...

— Je le sais, Madame, rétorqua notre mère d'un ton où perçait l'agacement, mais il faudrait que votre fils retrouve le chemin de ma chambre et pour l'heure...

— Il suffit ! coupa notre grand-mère avant de nous proposer à ma sœur et moi : Allez donc jusqu'au verger et cueillez-nous quelques fruits afin de nous rafraîchir.

— Oh, oui, Justin m'a dit que les figues étaient mûres et les pêches aussi ! s'enthousiasma Marie-Louise en courant en direction du verger.

Marie-Louise était trop jeune pour s'émouvoir de la conversation entre notre mère et notre grand-mère. Mais moi, je savais de quoi il retournait. Mon père avait une maîtresse, la comtesse Di Verrua.

Voici quelques jours, alors que je me dirigeais vers les cuisines pour tenter de picorer[1] quelques douceurs, j'avais surpris une discussion entre les domestiques au sujet des infidélités de mon père.

— Faut dire que cette Jeanne-Baptiste est gironde à souhait et belle à damner tous les saints ! affirmait le cocher.

— C'est le diable en personne, cet'femme là... Rien ne l'arrête... Elle prend peu à peu la place de not'pauvre maîtresse.

— Y paraît qu'hier, à l'Opéra, elle était dans une loge juste au-dessus de celle de la duchesse et M. le duc a passé toute la soirée avec sa maîtresse... On affirme qu'il n'a rien vu ni entendu du spectacle tant il était occupé !

1. Chaparder.

Les domestiques éclatèrent de rire et je rougis de honte.

— Et comble de la goujaterie, il a nommé cette intrigante dame d'honneur de sa femme pour l'avoir toujours près de lui.

— Ah, notre pauvre duchesse est bien à plaindre... Elle subit toutes ces humiliations sans sourciller...

— J'ai ouï dire que le roi de France, lui-même, avait envoyé une missive au duc pour lui reprocher sa cruauté et son mépris vis-à-vis de sa nièce.

Nouveaux rires.

— Ah, ah ! Celui-là, pour faire la morale aux autres, il est fort, alors que dans sa jeunesse il a eu autant de maîtresses qu'un chien a de puces !

Le cocher baissa la voix et, s'approchant du petit cercle formé par deux cuisinières, un laquais et un frotteur[1], il murmura :

— Il paraît que la comtesse Di Verrua est enceinte !

— Seigneur ! s'exclama une cuisinière... Si elle met au monde un garçon, M. le duc risque de chasser sa femme sans aucune vergogne.

— Not'pauvre duchesse a perdu voici trois ans l'enfant qu'elle portait. La matrone qui l'a accouchée m'a confié que c'était un garçon... Le duc aurait été si content que sa succession soit assurée qu'il ne se serait peut-être pas éloigné de son épouse. Ah, le

1. Celui qui frotte les parquets.

ciel n'est guère clément avec cette princesse qui est pourtant la bonté même.

Les larmes m'étaient montées aux yeux et je m'étais éclipsée aussi discrètement que possible de derrière la tenture qui me cachait.

Pour l'heure, je courus derrière Marie-Louise pour la rattraper. Je ne lui avais pas conté cette conversation pour la préserver, elle était si jeune encore ! Cependant, je pensais qu'elle avait compris que notre mère était malheureuse, car le soir dans notre chambre, dès que Mme des Noyers nous croyait endormies, nous bavardions. La nuit, les conversations sont plus intimes.

— Avez-vous remarqué les yeux rouges de maman ? m'avait demandé Marie-Louise voici quelques jours. On dirait qu'elle a pleuré.

— Une poussière s'est sans doute glissée sous sa paupière.

— Non point. Elle est triste. Croyez-vous que c'est parce que père n'est jamais avec elle ?

— Père fait la guerre à la France. Mère nous l'a expliqué. Sa tristesse vient de ce que la Savoie est en guerre contre son ancien pays. Il y a de nombreux morts des deux côtés. Lors de la bataille de Marsagia, nous avons perdu dix mille soldats ! Mère en a été très affectée.

— En êtes-vous certaine ?

— C'est ce que je pense, en effet.

— Mais lorsque père revient à Turin, il vient saluer notre mère et nous par trop vitement, ne trouvez-vous point ?

— Peut-être... Mère m'a assuré que les hommes étaient avares de tendresse et que c'était le rôle des enfants d'aimer tendrement leur mère.

— Alors, je ne me marierai jamais. Je ne veux point la quitter, car si nous partons, elle sera encore plus malheureuse.

— Demeurer fille est impensable, sauf si nous entrons dans un couvent... mais je crains de ne jamais m'acclimater à l'enfermement, même si c'est pour louer le Créateur à longueur de journée.

Marie-Louise, qui n'avait pas plus envie que moi de finir sa vie entre les murs d'un couvent, avait gardé le silence un long moment avant d'ajouter :

— Nous allons l'aimer si tendrement en la couvrant de baisers et de cajoleries qu'elle oubliera sa peine.

— Vous avez raison.

Je n'étais pourtant point certaine que notre tendresse suffise à rendre le bonheur à notre mère.

Je rejoignis Marie-Louise à l'entrée du verger. Elle était rouge d'avoir couru et un peu échevelée, mais personne n'était là pour nous le reprocher. Notre mère n'était pas très stricte sur notre tenue.

— Ce n'est point en restant au coin du feu à lire ou à broder que l'on se forge une bonne santé, mais en courant au grand air ! nous répétait-elle.

Cela me convenait, car je n'aimais point trop lire et écrire. Je préférais monter à cheval, jouer avec les chiens, traire les vaches, baratter le beurre, nourrir les poules et les lapins. Marie-Louise et moi nous rendions souvent dans les fermes de nos domaines où nous étions accueillies fort chaleureusement. Les gens simples nous appréciaient, car nous savions partager leur travail, même si ce n'était que pour une heure ou deux.

Voici quelques mois, alors que je participais avec beaucoup de joie à la fenaison dans un champ proche de Moncalieri, où nous étions venues avec notre mère pour échapper à l'étouffante moiteur de Turin, le fermier m'avait dit :

— Vrai, demoiselle Adélaïde, sauf votre respect, vous ne ressemblez point à l'une de ces princesses sucrées et je vous engagerais bien dans ma ferme !

Cette remarque m'avait fait rire. Mais, en effet, j'aspirais à une vie simple, sans afféterie. Pourtant, lorsque je l'avais avoué à ma gouvernante, celle-ci m'avait expliqué :

— Ah, Marie-Adélaïde, il faut remercier Dieu chaque jour de vous avoir fait naître dans une famille huppée. La pauvreté et la simplicité ne sont attrayantes que si on leur consacre quelques heures de temps à autre... La réalité est tout autre. Cet hiver a été si rigoureux que les arbres fruitiers et les semences ont gelé, du bétail est mort et la famine menace nos paysans.

— Avec maman, nous sommes allées à la chapelle du Sindone[1] prier devant le saint suaire[2] pour qu'il accorde paix et prospérité à la Savoie.

— Je connais votre piété.

— Je couds aussi des vêtements pour les pauvres.

— Je le sais. Et je vous félicite pour votre conduite.

— C'est que je dois être sage pour satisfaire maman, et puis je voudrais tant que père soit fier de moi.

— Il l'est, j'en suis certaine.

— Las, il ne vient pas souvent me le dire.

— Il vous manque donc tant que cela ?

— Oui, beaucoup.

J'avais senti des larmes d'amertume et de tristesse me picoter les yeux et j'avais préféré orienter différemment la conversation en promettant :

— Ce mois-ci, je vais donner aux pauvres la somme que l'on m'alloue pour m'offrir rubans et dentelles. Puisque le peuple de Savoie a faim, je n'aurai pas le cœur de dépenser de l'argent en frivolités.

---

1. Cette chapelle de style baroque se trouve à Turin. Elle est l'œuvre de Guarino Guarini, frère théatin et architecte, qui la commence en 1667 et la termine en 1690.
2. Linge blanc qui, dit-on, a entouré le corps du Christ après sa mort et qui porte les traces de sang de la crucifixion.

Mme des Noyers m'avait donné un baiser sur le front en me disant :

— Vous êtes pleine de compassion, Marie-Adélaïde. C'est une qualité rare chez une princesse. Mais il faudra aussi apprendre à vous aguerrir, car la vie se charge de nous bousculer, et savoir affronter les épreuves est indispensable.

— Je saurai, avais-je promis avec fermeté.

Mais il est vrai que j'ignorais à quoi j'allais être confrontée.

CHAPITRE

2

— Venez vite, me lança Marie-Louise, Justin vient de m'annoncer qu'une vache allait vêler et je ne veux pas rater ça !

— Ne vouliez-vous pas cueillir des figues et des pêches ?

— Si fait, mais les fruits attendront et la vache non !

Je la suivis jusqu'à l'écurie. Nous en connaissions parfaitement le chemin comme nous connaissions presque toutes les fermes qui étaient sur nos terres. Il y en avait beaucoup. Notre mère aimait le changement ; aussi, suivant les saisons et son humeur, nous partagions notre temps entre le palais Madame, le château de Rivoli, le palais royal de Venaria, le petit château de Moncalieri, le charmant château du Valentino et d'autres habitations moins vastes et plus champêtres. Mais ce qui nous plaisait par-dessus tout, ce n'étaient ni les somptueuses peintures des plafonds, ni les dorures des boiseries, ni les tapisseries et les tentures qui couvraient les murs, c'étaient les jardins ou mieux les forêts, les vergers et les pâturages qui entouraient ces demeures.

Lorsque nous pénétrâmes dans l'étable, sur les talons d'un vacher pas plus âgé que nous, la vache venait de mettre bas un petit veau tremblant sur ses pattes.

— Oh, nous arrivons trop tard, se désola ma sœur.

— Voulez-vous le frictionner avec de la paille ? proposa le jeune vacher.

— Voyons, Ernest, ce n'est point le rôle d'une demoiselle de qualité ! gronda Justin en foudroyant le garçon du regard. Ces demoiselles nous font déjà l'honneur de s'intéresser à notre travail...

— Cela me plairait beaucoup ! assura Marie-Louise.

Le fermier hésita, mais comment résister au sourire enjôleur de ma sœur ?

— Attention ! Ne vous tachez point, insista-t-il.

Ma sœur ignora la recommandation. Elle fit quelques pas vers le petit veau, se baissa pour saisir une poignée de foin et caressa le poil gluant de l'animal.

— Il est si mignon, s'attendrit-elle.

Je partageais son avis, mais, puisque j'étais l'aînée, j'essayais de me montrer moins puérile.

— Après, nous irons voir les chevaux ! dis-je.

— Et les figues ? me taquina Marie-Louise.

Sur le même ton qu'elle avait employé quelques instants plus tôt, je rétorquai :

— Elles peuvent attendre, elles !

Nous éclatâmes de rire. Justin et Ernest qui ne comprenaient pas notre plaisanterie eurent un air si ahuri que notre rire redoubla.

J'aimais les chevaux. J'étais une bonne cavalière et rien ne me plaisait plus que de galoper dans la campagne. Dans chaque lieu de séjour, j'avais choisi un cheval. C'était moi qui le pansais, qui installais le mors et les harnais avant de monter. Je lui apportais des friandises : pommes, carottes qu'il venait manger dans ma main.

Au Valentino, j'avais une adorable jument grise nommée *Ragazzella*. C'était ma préférée.

Elle était douce mais endurante, jolie et un peu nerveuse aussi. Nous nous ressemblions.

La veille, accompagnée par le sieur de Charney, d'un page et de Mme de Nemours, fine cavalière elle aussi, nous avions chevauché deux heures autour de Turin. J'aurais voulu aller plus loin, gravir les Alpes ou descendre jusqu'à l'embouchure du Pô...

mais Mme de Nemours m'avait priée d'être raisonnable et nous dûmes regagner le château. Elle était épuisée et moi, aussi fraîche qu'une rose !

Justin, qui me connaissait bien, me tendit un petit panier contenant trois pommes et deux carottes. *Ragazzella* me salua d'un joyeux hennissement. Je lui offris ses douceurs préférées tout en la caressant et en lui murmurant de petits mots affectueux.

— Tu es plus tendre avec *Ragazzella* qu'avec moi ! se plaignit ma sœur.

Je me tournai alors vers elle et, lui passant la dernière pomme sous le nez, je plaisantai :

— Croque la pomme, et je te caresserai entre les deux oreilles, toi aussi !

Ma sœur me prit au mot, elle croqua dans le fruit en hennissant de plaisir. Je lui passai la main sur la tête en la décoiffant exprès et je murmurai :

— Quelle brave petite bête que voilà, si sage, si docile...

Et une fois de plus, nous éclatâmes de rire.

À cet instant, notre mère et notre grand-mère, conduites par François, le fils aîné de Justin, pénétrèrent dans l'écurie.

— Ah, j'étais bien certaine de vous trouver avec les animaux, lança notre mère.

— Quel dommage que vous n'ayez point le même entrain pour les études, soupira notre grand-mère.

Je rougis sous ce reproche justifié, mais me concentrer sur la lecture d'ouvrages en latin, retenir des vers auxquels je ne comprenais goutte, écrire lisiblement en respectant l'orthographe étaient pour moi d'angoissantes épreuves.

— Mes deux filles connaissent parfaitement bien leur catéchisme, se vanta ma mère.

Grand-mère soupira.

— Il est vrai. Mais tout de même, elles doivent être capables de tenir leur rang et ne point faire honte à la Maison de Savoie.

— Elles sont encore si jeunes et je n'aime point sévir et contraindre. Mais je vous promets, Madame, de veiller à ce qu'elles soient plus assidues à leur table de travail.

Cette perspective ne m'inquiéta pas outre mesure.

J'étais souvent conviée à séjourner dans le palais de Madame Royale et elle n'était guère plus sévère que notre mère. Nous passions plus de temps à jouer à colin-maillard avec les officiers qu'à réciter des leçons. Il faut dire que je prenais un air si triste lorsqu'on m'obligeait à écrire, à compter ou à lire que l'on m'en dispensait vitement pour me rendre le souris. J'étais assez habile à ce petit jeu.

Par contre, je restais des heures à écouter grand-mère me compter la vie de nos ancêtres : celle si pittoresque de son arrière-grand-père le roi Henri IV de France, celle de César de Vendôme et celle de

Philippe-Emmanuel de Lorraine. Elle était très fière de ses origines.

— N'oubliez jamais, mon enfant, que vous descendez des plus grandes familles d'Europe, les Bourbons, la Maison de Lorraine et la Maison de Savoie.

Ma mère n'était point en reste. Elle avait la nostalgie de la cour de France et lorsque je voulais échapper à un devoir ennuyeux, il suffisait que je lui suggère d'une voix câline :

— Contez-moi, maman, comment vous viviez lorsque vous étiez demoiselle.

— La cour de France est la plus belle, la plus luxueuse, la plus gaie de toutes les cours d'Europe. Pas un jour ne se passe sans qu'un divertissement soit donné : bals en masque, promenade aux flambeaux en gondole sur la Seine ou le canal, loteries, feux d'artifice, opéras, comédies-ballets. Le roi aimait beaucoup danser lors de ces spectacles. C'est un excellent danseur.

— Comme moi !

— Oui. Vous avez autant de grâce que lui lorsqu'il était jeune.

— Que faisiez-vous d'autre ?

— J'allais aux soirées d'appartement trois fois par semaine[1]. On y jouait aux cartes, on écoutait de la

1. Tous les lundis, mercredis et jeudis soir, le roi offrait une réception aux gens de la cour dans ses appartements entre 19 heures et 22 heures.

musique, on y dansait, on y dégustait des pâtisseries, des confitures sèches, des fruits confits, des massepains...

— J'adore les fruits confits !

— Gourmande ! me grondait ma mère en souriant. J'aimais aussi m'émouvoir avec le théâtre de M. Corneille et rire avec celui de Molière.

— Portiez-vous de belles tenues ?

— De très belles. Une dame de qualité ne doit pas se présenter devant Sa Majesté deux fois de suite avec la même robe, aussi je passais beaucoup de temps à choisir des tissus, des rubans, des dentelles et à demander des prouesses à mon tailleur afin de plaire au roi et de faire honneur à mon père.

— Habitiez-vous avec le roi à Versailles ?

— Non point. Je vivais dans la demeure de mon père à Saint-Cloud, mais puisque j'étais princesse du sang, je suivais le roi lorsqu'il se rendait à Saint-Germain, à Fontainebleau, à Chambord.

— Oh, ce devait être fort agréable.

— En effet.

Sa voix était empreinte de nostalgie, aussi je me permettais de m'enquérir :

— Regrettez-vous cet heureux temps, maman ?

— Non, point, me répondait-elle un peu trop vitement. Chaque époque de la vie a son intérêt et je suis fière d'être duchesse de Savoie et d'avoir deux adorables petites princesses. À présent, j'œuvre pour que vous ayez un bel établissement.

— Oh, nous avons bien le temps d'y songer, je n'ai que dix ans !

— Il est vrai, ma mie, et vous me manqueriez trop si vous me quittiez maintenant.

Las, le destin parfois se joue de nous et je n'allais pas tarder à le découvrir.

CHAPITRE

3

Ma mère me paraissait de plus en plus préoccupée et de plus en plus triste.

— Père ne peut-il signer la paix ? demandai-je un soir à notre gouvernante.

— Ah, la paix, tout le peuple y aspire... mais la Savoie est prise entre ses alliés et la France qui souhaite l'arrêt de cette guerre meurtrière. Il faut prier pour la paix. Nous en avons tous grandement besoin.

Je priai avec plus de ferveur en souhaitant toutefois que mon père sortît vainqueur de cette guerre afin, peut-être, que revenant en son logis heureux et couvert de gloire, il fût plus à même de nous prodiguer à ma mère, ma sœur et moi un peu de tendresse.

Cependant, la guerre ne perturbait pas ma vie quotidienne et je continuais à jouer avec Marie-Louise, à courir dans les jardins, à monter à cheval, à apprendre la danse.

Un jour pluvieux, où Marie-Louise, Mme des Noyers, la princesse et moi-même travaillions à quelques ennuyeuses broderies dans un salon du palais Madame, je me levai, m'étirai et proposai :
— Et si nous faisions une partie de cligne-musette[1] pour nous dégourdir les jambes ?
— Oh, oui ! s'enthousiasma ma sœur en posant aussitôt son ouvrage.
Nos gouvernantes n'eurent pas le cœur de nous l'interdire, mais Mme des Noyers me prévint :
— Vous jouerez seules, je suis un peu lasse.
Et Mme Cisterna ajouta :
— Et moi également.
Il en fallait plus pour nous décourager.
— C'est moi qui me cache, dis-je à ma sœur... et j'aurai une si bonne cachette que vous ne me découvrirez point avant de longues heures ! Fermez les yeux et comptez jusqu'à cinquante !
Je quittai la pièce en courant et je filai dans l'antichambre de notre mère, puis après avoir mis un doigt sur mes lèvres pour exiger que les valets de

1. Cache-cache.

pied et les gardes ne me trahissent point, je soulevai le couvercle d'un coffre contenant des hardes
de ma mère et je m'y glissai. Ma sœur allait mettre
plusieurs minutes avant de me découvrir... et je me
réjouissais à l'avance de la peur que je lui ferais en
ouvrant violemment le coffre sous son nez et en
poussant un cri strident.

Je n'étais pas enfermée depuis plus de cinq minutes,
que le plancher craqua sous des pas qui approchaient.
Marie-Louise avait-elle été plus perspicace que je ne
l'avais cru ? J'allais jaillir de ma cachette lorsque je
reconnus la voix de Mme Marquet, ma femme de
chambre :

— Êtes-vous bien certaine de ce que vous avancez,
madame ?

— Je tiens l'information de M. Tessé, en personne,
envoyé secret du roi de France. Il est venu parle-
menter avec notre duc au sujet de la paix. C'est un
homme... un homme bien éduqué, aimable, la mine
avantageuse, et qui se conduit fort délicatement avec
les dames.

— Oh, madame de Saint-Germain, auriez-vous
succombé aux charmes de ce Français ?

— Il m'a fait une cour pressante... et puisque je
suis veuve...

Je souris. Mme de Saint-Germain amoureuse d'un
ennemi, voilà une anecdote tout à fait plaisante !

J'entendis des coffres s'ouvrir, des froissements d'étoffes de soie. Je fis une petite prière pour qu'elles ne se dirigent pas vers ma cachette. Surprendre une conversation qui ne vous est pas destinée est si excitant !

— Certes, vous agissez comme bon vous semble... mais que vous a-t-il dit exactement ?

— Qu'il travaillait ardemment avec la Savoie pour que la paix soit enfin signée.

— Dieu soit loué ! Il y a si longtemps que nous attendons ce moment !

J'avais la main sur le couvercle, prête à sortir pour laisser éclater ma joie : père allait quitter les champs de bataille et revenir vers nous et mère retrouverait la gaieté. Mais, alors que j'allais bondir, Mme de Saint-Germain ajouta :

— Que cette paix nous enlève notre petite Marie-Adélaïde me brise le cœur.

Avais-je bien entendu ? Mes oreilles bourdonnèrent, mon pouls s'accéléra. Pourquoi mon nom était-il cité ? Quelqu'un complotait-il pour m'éliminer ? J'avais ouï dire que mon père, craignant les empoisonnements, exigeait qu'un valet goûtât sa nourriture avant de l'absorber. Envisagerait-on de m'empoisonner parce que j'étais l'aînée de la dynastie de la Maison de Savoie ? Ma mort faciliterait-elle la signature de la paix ? Je ne comprenais pas pourquoi... mais la politique est si compliquée.

— Elle est beaucoup trop jeune !

— Assurément, mais la raison d'État l'emportera, vous le savez bien.

— Et cette pauvre Marie-Louise qui va se retrouver seule. Elles sont si liées toutes les deux. Si l'une des deux nous quitte, je ne sais ce qu'il adviendra de la santé de l'autre.

— Les jours à venir seront difficiles pour tout le monde... excepté pour M. le duc qui va y gagner la paix et un allié précieux... Les hommes n'ont pas le même cœur que nous...

— En tout cas, madame, je vous recommande la discrétion, il est inutile d'alarmer nos demoiselles... après tout, rien n'est encore signé, n'est-ce pas ?

— Vous avez raison. Nous pouvons toujours espérer un revirement de dernière minute.

— Pensez-vous que Mme la duchesse est au courant de ces tractations ?

— Je l'ignore. Mais de toutes les façons, moi non plus, je ne devrais rien savoir... alors jouons toutes les deux les ignorantes, c'est le meilleur rôle que nous puissions tenir pour l'instant...

J'entendis leurs pas s'éloigner et une porte se refermer.

Je restai blottie dans le coffre, incapable de bouger. L'air commençait pourtant à me manquer, mais je me demandais si je n'allais pas me laisser mourir, submergée par l'angoisse. Qu'allait-il m'arriver de si terrible ? Pourquoi étais-je mêlée au projet de paix entre la Savoie et la France ? Envisageait-on de me faire disparaître ? J'avais cru comprendre que cette guerre mettait en cause non seulement la France, mais les pays de la ligue d'Augsbourg dont faisaient partie l'Espagne, les Pays-Bas, l'Angleterre et sans doute d'autres. Oh, je regrettais amèrement de n'avoir pas été assez assidue au cours d'histoire afin d'en savoir un peu plus sur ce conflit. Soudain, une idée frappa si fort mon esprit que le souffle me manqua : et si je devais servir d'otage ? Il me souvint que ma gouvernante m'avait conté ce dramatique épisode de la vie de François 1er qui avait envoyé ses fils comme otages en Espagne en échange de sa liberté.

Après d'interminables minutes, je sortis de ma cachette.

J'aurais pu me précipiter chez ma mère pour demander une explication. Quelque chose me retint. Je ne saurais préciser quoi exactement. Peut-être avais-je peur qu'elle me confirme cette information ? À moins qu'elle ne jugeât mes questions embarrassantes et ne se débarrassât de moi par une quelconque menterie.

Mon insouciance et ma joie de vivre s'évanouirent ce jour-là.

CHAPITRE

4

J'avais le cœur en lambeaux.

J'étais partagée entre l'envie d'en savoir plus sur cette mystérieuse conversation et celle de ne plus jamais en entendre parler !

Mon caractère s'en ressentait.

Je ne parvenais plus à rire des facéties de ma sœur, et les jeux qui m'amusaient tant m'étaient insupportables. Je demeurais de longues heures un livre à la main sans en lire une ligne, ou l'aiguille en l'air sans ajouter un point à ma broderie.

— Tu n'es pas amusante du tout, en ce moment, se plaignit Marie-Louise. Ai-je fait quelque chose pour te déplaire ?

— Non, point... c'est que... quelque chose me tracasse...

J'espérais que Mme de Saint-Germain, Mme Marquet ou Mme des Noyers saisiraient l'occasion pour me questionner et que, encouragée par leur sollicitude, je leur exposerais mes craintes. Il n'en fut rien, au contraire, Mme de Saint-Germain lança sur le ton de la plaisanterie :

— Marie-Adélaïde veut jouer à la demoiselle et vous faire accroire que les jeux d'enfant ne sont plus de son âge !

— Vous avez bien le temps de prendre des mines de coquette ! renchérit Mme Marquet en me pinçant affectueusement la joue.

Alors là, je n'y tins plus. Toute ma peur et ma colère contenues éclatèrent et je lançai :

— Ma jeunesse ne semble pas être un frein à certains autres projets !

Après quoi, je me levai, et avant qu'on ait pu me retenir, je quittai la pièce et courus dans ma chambre où je m'effondrai en sanglotant sur mon lit.

Quelques minutes plus tard, une main compatissante me caressa les cheveux, je me soulevai sur un coude pour apercevoir Marie-Louise. L'air fort marri, elle bredouilla :

— Je... je suis désolée... je ne pensais pas vous occasionner une si grande peine et...

Je m'essuyai les yeux contre la manche en dentelle de ma chemise et je la rassurai :

— Vous n'êtes point en cause...

— Je ne pense pas non plus que nos dames aient voulu vous blesser.

— Certes non...

— Mme Marquet est toute retournée, et Mme de Saint-Germain également.

— Oh, ces deux-là sont... sont des traîtres !

— Des traîtres ! s'écria ma sœur en se redressant d'un bond.

— Oui, des traîtres.

— Pactisent-elles avec nos ennemis ? Il faut immédiatement alerter notre mère, qui les chassera !

— Pour l'heure, je n'ai aucune certitude, mais j'ai surpris une conversation et je sais que quelque chose se trame contre moi. Peut-être souhaite-t-on ma mort...

— Votre... votre mort ? Oh... vous avez dû mal comprendre... ce n'est pas possible. Qui vous voudrait ainsi du mal... et pourquoi ?

— D'après ce que j'ai saisi, ce serait pour consolider la paix...

— Vous... vous serviriez de sacrifice comme dans cette scène de l'Ancien Testament que nous a contée l'abbé Archon, dans laquelle un père a sacrifié son fils parce que Dieu l'avait exigé ?

— Peut-être...

— C'est horrible ! Il faut fuir, vous cacher... Et puis non, il faut en parler à maman. Elle ne laissera pas s'accomplir une telle abomination !

Sa tendresse et sa naïveté m'émurent. Je la serrai contre moi et nous mêlâmes nos larmes.

Je n'osais pas lui dire que, selon la conversation que j'avais surprise, père était consentant et peut-être même notre mère. À cette pensée mes sanglots redoublèrent.

Une porte s'ouvrit dans le fond de la pièce, y laissant pénétrer une odeur capiteuse de tubéreuse tandis qu'un froissement de tissu soyeux se faisait entendre.

— Que vous arrive-t-il donc toutes les deux ? s'enquit notre mère.

— Marie-Adélaïde a appris que des traîtres veulent la tuer et nous avons peur ! lança ma sœur tout à trac.

— Quelles inepties me contez-vous là ! gronda notre mère.

— Et les traîtres, ce sont Mme de Saint-Germain et Mme Marquet ! poursuivit ma sœur.

— Voulez-vous bien cesser de colporter des balivernes !

— C'est la vérité. Marie-Adélaïde les a entendues projeter sa mort.

Notre mère pâlit. Elle s'approcha d'un fauteuil et s'y laissa tomber. Sa réaction me prouvait que je ne m'étais pas trompée. Elle aussi avait peur.

— J'aurais dû me douter qu'un tel événement ne demeurerait point longtemps secret, murmura-t-elle en se passant la main sur le front.

— Co... comment, bredouilla ma sœur... vous saviez ?

— Venez, installez-vous sur des carreaux autour de moi. J'avais prévu de vous en parler prochainement, il était inutile de vous inquiéter tant que rien n'était vraiment décidé, mais puisque certaines n'ont pas su tenir leur langue...

Ma sœur et moi, nous nous assîmes à ses pieds. Mon angoisse s'était atténuée, car le ton de sa voix était rassurant.

— Nous avons, toutes les trois, souvent prié pour que cette terrible guerre nous opposant à la France cesse et nous avons été entendues. Votre père s'occupe, en ce moment même, de signer la paix.

— Et... je serai l'otage de cette paix ? demandai-je d'une voix à peine audible.

— Grand Dieu, non ! Quelle idée saugrenue !

— J'avais cru le comprendre...

— Il n'est point question d'otage mais de mariage.

— De mariage ?

— Parfaitement. Le roi Louis le quatorzième vous propose d'épouser le fils aîné de Monseigneur le Dauphin, Louis, duc de Bourgogne. Ainsi, cette union entre nos deux pays scellera la paix.

— Vous voulez que je me marie ! Mais je n'ai que dix ans !

Mère me caressa tendrement les cheveux.

— Il ne s'agit point de vous marier immédiatement, mais de signer un accord promettant votre
mariage avec le petit-fils de Louis XIV.

Je n'allais point me laisser convaincre si facilement
et j'insistai :

— Et comment est-il, ce duc de Bourgogne ? Vieux,
bossu, laid, malade ?

— Pas du tout. Il n'a que trois ans de plus que
vous et il est charmant !

Un souris naquit sur mes lèvres, mais ne voulant
point me réjouir trop vitement, je m'enquis :

— Et quand donc est prévue cette union ?

— Pas avant que vous ne soyez nubile[1]... probablement l'année de vos quinze ans !

La date me parut lointaine et, après que j'eus craint
si fort pour ma vie, mon anxiété céda enfin dans
un grand rire libérateur :

— Oh, alors nous avons bien le temps !

— Certes. Cette union nous emplit de fierté, votre
père et moi, car, puisque Madame la Dauphine est
décédée en 1690, elle fera de vous la première dame
de France.

1. À l'âge de la puberté.

CHAPITRE

5

Notre mère, redoutant que je ne sois la risée de la cour de France par mon manque de connaissance, insista pour me dispenser quelques cours d'histoire.

— Vous devez être fière d'appartenir à la célèbre Maison de Savoie, commença-t-elle. Notre pays, quoique petit et morcelé, est de ceux qui comptent dans l'échiquier politique de l'Europe. Il a une grande importance stratégique, car toutes les puissances d'Europe doivent traverser nos terres pour se rendre en Italie, en France mais aussi aux Pays-Bas.

À dire vrai, ce discours ne m'intéressait guère. Pourtant, ma mère continua :

— D'ailleurs, de tout temps, les grandes puissances européennes ont cherché des alliances avec la Savoie. Pour cela, le plus sûr moyen est d'arranger des mariages entre princes et princesses de diverses nations et des ducs ou duchesses de Savoie.

— C'est pour cela que père envisage mon union avec le petit-fils du roi de France ?

— Oui. Les mariages sont souvent arrangés à la naissance des enfants... et bien sûr, ils se concrétisent quinze ans plus tard... vous avez donc encore de belles années à passer en Savoie. Êtes-vous pressée de me quitter ?

Je me jetai à son col[1] en protestant :

— Oh, non, maman, je vous aime trop.

— Alors, soyez attentive et écoutez la suite de votre leçon. La France nous donna plusieurs de ses princesses. Ainsi, votre arrière-grand-père Victor-Amédée 1er avait épousé Christine de France, fille d'Henri IV.

— Vous nous avez montré son portrait dans la grande salle du Palazzo Reale[2]. Elle y arbore un superbe col de dentelle.

— Oui. C'est elle qui a fait construire cette magnifique bâtisse. Elle avait projeté de marier sa fille Marguerite avec Louis XIV ! Las, on obligea le jeune roi à épouser l'Infante d'Espagne[3].

— Être reine de France me plairait bien ! lançai-je.

— Et moi, reine d'Espagne, renchérit ma sœur.

---

1. Cou.
2. Palazzo Reale ou palais royal. Il se trouve à Turin maintenant en Italie.
3. Lire *L'Enfance du Soleil*.

Elle réfléchit un moment en tortillant une mèche de ses cheveux et ajouta tristement :

— Non, je ne veux point être reine parce que je veux toujours, toujours demeurer près de vous et être votre amie. Si on nous sépare, j'en mourrai.

— Voyons, ne dites point de bêtises. Il faudra bien vous marier un jour !

— Alors ce sera avec deux frères puisque nous sommes deux sœurs, et nous continuerons à vivre ensemble ! riposta ma sœur.

Mère rompit ce discours en assurant :

— Ce n'est point vous qui déciderez, vous le savez bien.

— En tout cas, assurai-je, il me sera impossible de vivre dans l'un de ces pays du Nord où il fait toujours froid et gris et je préférerais mourir que d'épouser un prince des Pays-Bas ou du royaume d'Angleterre.

Notre mère me prit la main avec douceur et soupira :

— La France est un beau pays... À présent, je vais vous parler de votre grand-mère Marie Jeanne Baptiste de Savoie. Elle est la petite-fille d'Henri IV. Elle a épousé Charles-Emmanuel II de Savoie qui est malheureusement mort à quarante et un ans. Votre père n'avait que neuf ans. Votre grand-mère assura la régence et ne rendit le trône à votre père que l'année de ses dix-huit ans.

— Père ne devait point être content de ne pouvoir gouverner à son aise ! dis-je.

— Certes. Mais tout cela est du passé. À présent, votre grand-mère ne s'occupe plus de politique mais de ses petites-filles et de ses jardins. Lui rappeler cette époque troublée serait fort impoli.

— Nous serons muettes, chère maman.

Elle se leva, s'approcha de nos chaises et nous posa un baiser sur le front. Je lui saisis la main et je la baisai affectueusement, puis j'ajoutai :

— Et vous, maman, comment avez-vous connu notre père ?

— C'est une longue histoire. Je suis née en France, comme votre grand-mère et votre arrière-grand-mère. Je suis la seconde fille de Philippe d'Orléans, frère de Louis XIV, et d'Henriette d'Angleterre. Ma mère mourut un an seulement après ma naissance. Ma sœur, Marie-Louise, avait déjà sept ans.

— Marie-Louise ! comme moi ! s'exclama ma sœur.

— En effet. C'est en mémoire de ma chère sœur que vous portez son nom.

— Oh, ce doit être fort triste de perdre sa maman si jeune.

— Oui. Mais la fortune veillait sur nous. Notre père se remaria avec Charlotte-Élisabeth de Bavière que l'on nomme la Princesse Palatine. Elle nous a toujours considérées comme ses filles et nous l'aimons comme si elle avait été notre mère. Marie-Louise et moi avons vécu des années heureuses avec cette princesse... Jusqu'au terrible jour de notre séparation.

— Pourquoi donc avez-vous été séparées ?

— L'année de ses dix-sept ans, Marie-Louise quitta la France pour épouser Charles II d'Espagne. Elle supplia Louis XIV à genoux de renoncer à cette union, mais fut obligée de s'incliner.

— Être reine d'Espagne était pourtant une belle destinée.

— Ah, mon enfant, l'étiquette[1] très rigide de la cour d'Espagne effrayait ma sœur habituée à la vie agréable et légère de la cour de France. De plus on affirmait que le roi était débile et maladif...

— Oh, la pauvre ! Et qu'est-elle devenue ?

— Contre toute attente, le roi l'aima, mais ma chère sœur ne réussit pas à lui donner d'enfant. Elle mourut bien mystérieusement l'année de ses vingt-sept ans. Comme... comme si on avait voulu se débarrasser d'une reine incapable d'enfanter. On parla même d'empoisonnement...

— D'empoisonnement ! m'écriai-je.

— Une arme sournoise car elle est pratiquement indécelable. Être reine fait toujours des envieux et l'on n'est jamais assez méfiant... Sa mort m'a bouleversée. Nous étions si proches.

---

1. Ensemble des règles en usage dans une cour.

— Comme Marie-Louise et moi.

— Oui. Et je prie chaque jour pour que votre destinée à toutes les deux soit meilleure.

Un sombre pressentiment me fit frissonner. Je m'approchai de ma sœur et la serrai contre moi.

CHAPITRE

6

Depuis l'annonce de mon union avec le duc de Bourgogne, il ne se passa pas un jour sans que ma mère ou ma grand-mère ne nous décrive la vie à la cour de France : les magnifiques bosquets du jardin de Versailles, les promenades en gondole sur le Grand Canal, la charmante campagne du petit château de Marly, les divertissements nombreux donnés à Saint-Germain, les chasses à Fontainebleau...

J'avais l'impression qu'elles cherchaient à m'encourager.

— Sa Majesté adore la chasse. Il a de nombreux chiens qu'il soigne personnellement, m'apprit ma grand-mère.

— Comme vous, le roi aime aussi beaucoup la nature, que M. Lenôtre a si bien domptée dans ses jardins, ajouta ma mère.

— Et puis, vous serez accueillie par votre grand-père Philippe d'Orléans, le frère de Louis le quatorzième, que l'on appelle Monsieur. Sa nouvelle épouse, la Princesse Palatine, est une personne rustre et sévère, mais elle a un grand cœur et je ne doute pas qu'avec votre grâce et votre gentillesse vous ne vous en fassiez une alliée.

— La cour de France est l'une des plus riches et des plus belles. Vous porterez des tenues somptueuses et des bijoux magnifiques !

J'étais donc partagée entre deux sentiments : certes tout cela me faisait rêver et la vie agréable qu'elles me vantaient toutes deux m'attirait assez, mais n'enjolivaient-elles pas leurs descriptions pour adoucir mon départ ? La perspective de quitter mon pays et ma famille m'angoissait.

La moue que je continuais à afficher les poussait à redoubler d'arguments :

— Ah, ma fille, vous établir avec un prince de France était mon plus grand souhait ! Car même si, par mon mariage, je suis devenue savoyarde, la France m'est toujours chère, continua ma mère.

— Il me sera difficile d'aimer un autre pays que celui où j'ai grandi, entourée de la tendresse des miens, répliquai-je. Et puis, les montagnes, les prairies, les forêts vont me manquer.

— On ne vous demande pas d'oublier votre pays, mais d'adopter, en quelque sorte, le pays de votre époux. Lorsqu'on a votre âge, on croit que c'est chose impossible, mais cela se fait presque naturellement au fur et à mesure que les années passent.

— Et puis, m'apprit ma mère pour emporter mon adhésion, votre époux vient juste après le Grand Dauphin pour l'accès au trône de France. Si par un trait du destin, Monseigneur venait à disparaître, le duc de Bourgogne deviendrait roi de France.

— Je... je serais alors reine ?

— Parfaitement. Imaginez-vous la fierté de votre père, la mienne si, par votre intermédiaire, la Maison de Savoie accédait au trône de France ?

Alors, moi aussi, je me prêtai à rêver quelques instants que je devenais reine de France.

Cependant, lorsque j'en avais assez d'écouter leurs discours, je m'exclamais :

— Pour l'heure, rien ne presse et j'ai encore cinq ans pour me faire à cette idée.

— Commencez à vous y habituer, cela ne peut que vous être profitable.

J'y songeais pendant quelques heures, puis j'oubliais pour jouer et courir avec Marie-Louise.

Un soir, alors que nous nous préparions devant notre toilette, ma sœur lâcha, sans me regarder, comme si elle avait longtemps retenu sa phrase :

— Je ne veux point que vous partiez vous marier en France, parce que je ne veux point vous perdre.

J'avais volontairement occulté notre séparation pour éviter d'en souffrir trop à l'avance, mais cet aveu m'ouvrit les yeux. Notre amitié était si forte ! Pour Marie-Louise j'étais un modèle et une protectrice. Elle était pour moi l'image même de la tendresse et de la complicité.

Alors, sans trop y réfléchir, je lui promis :

— Si je deviens duchesse de Bourgogne et si, comme mère me l'assure, le roi me prend en amitié, je lui demanderai qu'il vous choisisse un jeune et beau gentilhomme afin qu'il vous épouse. Ainsi, vous viendrez me rejoindre à la cour de France.

— Quelle bonne idée !

Je venais de résoudre une grande part de nos tracas et nous tombâmes dans les bras l'une de l'autre en nous promettant, une fois encore, de ne pas nous séparer.

Las, un jour où ma sœur et moi arrivions dans l'antichambre de notre mère afin de passer un moment en sa compagnie, des éclats de voix nous parvinrent et nous demeurâmes coites derrière la porte close.

— Comment osez-vous, mon ami, s'étonnait notre mère, manquer de parole au roi de France ?

— Ah, madame, je n'ignore pas que toute l'Europe me fait une fort mauvaise réputation, alors qu'il ne s'agit pour moi que de sauver la Savoie des griffes de nos ennemis ! Eux ne se gênent point pour me mettre à genoux et je veux monnayer la paix au mieux pour mon peuple.

— Tout de même... il s'agit de notre chère Marie-Adélaïde.

— Certes, mais puisque vous ne réussissez qu'à enfanter des filles, il faut bien qu'elles servent nos projets. Et la proposition de l'empereur d'Autriche, Léopold, d'unir son jeune fils, l'archiduc Charles, à notre fille est digne d'intérêt !

Mon sang se glaça. Après m'avoir vanté pendant des mois les fastes de la cour de France et m'avoir fait miroiter le trône de France, voilà que mon père envisageait une union avec l'Autriche ! Mère m'avait sans doute parlé de ce pays, mais je ne l'avais pas écoutée avec attention et j'ignorais tout de ses coutumes et des gens qui l'habitaient.

Marie-Louise, compatissante et sans doute aussi effrayée que moi, me serra la main.

— Oh, et puis, je ne sais même pas pourquoi je vous ai informée de ce projet. Les femmes n'entendent rien à la politique ! lança mon père.

Ses pas se rapprochèrent. Nous nous éloignâmes vitement de la porte qui s'ouvrit violemment.

— Ah, vous étiez là, mes jolies... nous dit-il d'une voix adoucie.

Notre détresse étant sans doute affichée sur notre visage, il se baissa vers nous et nous chuchota presque :

— Ne vous inquiétez point, Marie-Adélaïde, j'agis pour le mieux... Et il me semble bien que le rôle de future reine de France est celui qui vous convient. Qu'en pensez-vous ?

— Oh, oui, père.

Il nous adressa un clin d'œil complice et enchaîna :

— Mais gardez le secret... les murs ont des oreilles ici comme partout... et je veux laisser croire à l'ambassadeur de France que j'hésite encore entre le parti de l'Autriche et le sien afin d'obtenir, pour la Savoie, les conditions les plus favorables à la signature de la paix.

Marie-Louise éclata de rire.

— Ce n'est donc qu'une feinte ?

— Chut ! gronda notre père, l'index sur la bouche.

Ma sœur retrouva immédiatement son sérieux et, après s'être suspendue au cou de notre père et lui avoir claqué un baiser sur la joue, elle ajouta d'un ton docte :

— Alors, Marie-Adélaïde et moi attendrons patiemment le résultat des négociations.

— Voilà deux demoiselles fort raisonnables et qui font la fierté de leur parent ! assura notre père avant de quitter la pièce.

— Père nous aime très fort, m'affirma ma sœur.

— Il est vrai, et même si nous ne le voyons pas souvent, il sait nous prouver son attachement.

Je soupirai avant de poursuivre :

— Il sera bien douloureux de me séparer de ceux que j'aime et qui m'aiment pour cette cour de France où je ne connais personne.

— Oh, je vous en prie, ne nous lamentons point encore alors qu'il nous reste cinq belles années à passer ensemble !

— Vous avez raison ! Allons dans le parc, Mme Marquet m'a annoncé que les fontainiers venaient de construire un nouveau bassin et qu'on allait y lâcher des carpes.

CHAPITRE

7

On ne me tint pas au courant des tractations qui eurent lieu entre la France, l'Autriche et la Savoie au sujet de la paix et par conséquent de mon union avec le petit-fils de Louis XIV ou l'archiduc Charles.

Je passai donc le printemps, l'été et le début de l'automne de 1696 dans l'insouciance propre à mon âge, tantôt au palais Madame, tantôt au château du Valentino, quelques jours au château de Rivoli ou à Moncalieri et aussi à Chambéry. Rien n'avait changé et je continuais à courir la campagne, à traire les vaches, à faire les foins, à monter à cheval et parfois même à suivre mon père à la chasse les rares fois où il était avec nous. Personne ne parlait plus de départ et de mariage. Je n'osais plus relancer les conversations sur ce sujet. Peut-être mes parents avaient-ils dû renoncer à cette union ? Peut-être Louis XIV avait-il trouvé un autre parti pour son petit-fils ? Peut-être la paix avait-elle été signée sans contrepartie ?

Plus le temps passait, plus je me persuadais que j'allais continuer à couler des jours heureux en pays de Savoie. Mes quinze ans me paraissaient si lointains !

Et puis en septembre, alors que je m'apprêtais à sortir pour assister à la fête des vendanges et au défilé de chars auxquels les vignerons m'avaient, comme chaque année, conviée, mon père me fit appeler dans sa chambre.

Lorsque je pénétrai dans la pièce, il faisait les cent pas et ses bottes claquaient sur le sol. Mère était debout près de la fenêtre. J'esquissai une petite révérence. Mon père m'attira vers lui et me posa un baiser sur le front. Comme il était assez avare de signes de tendresse, cela me surprit.

— Marie-Adélaïde, je viens de recevoir du pape Innocent XII la dérogation exceptionnelle que j'avais sollicitée afin que nous puissions procéder à vos fiançailles, m'annonça-t-il.

— Mes... fiançailles ?

— Oui.

— Et... avec quel pays les avez-vous conclues ? persiflai-je.

J'avais parfaitement compris que je ne servais qu'à consolider la paix entre deux nations.

— Lequel vous plairait le plus ? enchaîna-t-il un demi-souris aux lèvres.

— La France, car c'est l'ancien pays de maman et de grand-mère.

— Soyez donc contente, ma fille, car c'est avec le duc de Bourgogne que vous vous fiancez. Ne vous avais-je point promis que vous seriez prochainement reine de France ?

— Déjà ?

Il éclata d'un rire tonitruant comme s'il se libérait d'un poids trop lourd et poursuivit :

— Non. Reine de France, vous ne le serez point présentement... mais vous serez en bonne place pour le devenir.

Je secouai la tête. Là n'était point mon souci. C'était le mot « fiançailles » qui m'avait fait réagir. J'insistai donc :

— Faut-il que je me fiance si jeune ?

— Le roi de France l'exige. J'ai tout tenté pour reculer cette échéance, mais je ne puis plus tergiverser.

Il me sembla que le ciel s'était obscurci. Je bandai toutes mes forces pour contenir les larmes qui me montaient aux yeux et, afin que mon père soit fier de moi, je répondis sans trembler :

— Eh bien, puisqu'il le faut, fiancez-moi !

Mère vint vers moi, me saisit les deux mains et me souffla :

— Vous verrez, la France est un beau pays.

Cette phrase m'alarma plus qu'elle ne me réconforta et je m'exclamai :

— Je ne pars tout de même pas sur-le-champ ?

— Non point ! Il y a tant de choses à préparer !

Sa réponse ne me satisfit point et je m'affolai.

— Comment cela ? Faut-il donc cinq ans pour préparer mon départ ?

— C'est que... commença-t-elle, fort ennuyée.

— Vous m'aviez assuré que je ne me marierais point avant d'avoir quinze ans ! tempêtai-je.

— Le roi ne veut point attendre si longtemps... il a hâte de vous rencontrer.

— Et... vous avez accepté ?

— Je vous l'ai dit, Marie-Adélaïde, reprit mon père d'un ton excédé, j'ai fait le maximum pour retarder votre départ. À présent, il y va de mon honneur et je ne puis plus différer. Vous partirez au printemps.

— Dans... dans six ou sept mois ?

— En effet. Vous aurez ainsi le temps de parfaire votre éducation et de choisir étoffes et fanfreluches pour votre garde-robe. Vous devrez faire honneur à la Savoie.

L'atmosphère était lourde. Je compris que mes parents avaient fait tout ce qui était possible pour me garder près d'eux, sans y parvenir. Cet échec les rendait tristes et amers. Afin d'alléger leur peine, je répondis :

— Vous n'aurez pas à vous plaindre de moi.

Mère m'enlaça en cachant ses larmes et mon père me dit :

— Je savais que je pouvais compter sur votre sagesse.

J'avoue que les préparatifs de mes fiançailles me divertirent grandement. Le tailleur vint prendre mes mesures pour me confectionner une magnifique tenue, on me proposa les plus somptueux bijoux de la Maison de Savoie. Ma sœur était aussi excitée que moi en choisissant étoffes, dentelles, rubans...

Ma mère et ma grand-mère ne perdaient jamais une occasion de me montrer les avantages d'une telle union. Elles me contèrent l'histoire de Louise de Savoie[1] qui, lorsqu'elle n'avait que douze ans, avait épousé Charles d'Orléans. Son fils François était devenu roi sous le nom de François 1er et c'est elle qui avait dirigé le royaume chaque fois que le roi était à la guerre.

— Vous voyez que la Maison de Savoie sait s'illustrer de la meilleure des façons et nous ne doutons point de votre heureuse destinée, avait conclu ma mère.

1. Louise de Savoie (1476-1531).

Le 15 septembre 1696 arriva vite. Trop. Pourtant, tout était prêt.

— Marie-Adélaïde ! s'exclama ma sœur au matin en pénétrant dans ma chambre, c'est ce jour d'hui !

Je ne l'avais point oublié. D'ailleurs, j'avais fort peu dormi, me rappelant sans cesse tout ce que je devais faire, ne pas faire, dire, répondre. La veille, j'avais répété avec acharnement la cérémonie afin de ne pas commettre d'impair. Mais j'avais peur de me prendre les pieds dans ma queue[1], peur de bredouiller, peur d'être ridicule devant la cour de Savoie et les représentants du roi de France. Il ne le fallait pas.

Mme Marquet m'aida à passer la lourde robe de brocart argenté, puis elle tressa mes longs cheveux blonds et les releva avec des poinçons en or et des rubans de soie afin que le diadème de diamants que m'avait remis ma mère tienne bien. Elle me poudra, me farda légèrement les lèvres et, après s'être reculée pour contempler son travail, elle s'exclama :

— Une vraie petite reine !

— Moi aussi, le jour de mes fiançailles, je serai aussi belle que toi... me dit Marie-Louise avec une pointe d'envie.

— Oh, ce qui compte, c'est que l'on te donne pour mari un prince jeune et gentil, assurai-je.

1. Ancien mot pour traîne.

— N'oubliez pas que vous avez promis que le roi de France allait m'en trouver un afin que nous ne soyons pas séparées trop longtemps.

À cet instant, mère et grand-mère pénétrèrent dans ma chambre et s'arrêtèrent à quelques pas de moi, médusées par ma transformation :

— Seigneur ! s'exclama Madame Royale, mais où est donc notre petite sauvageonne ?

— Ah, le duc de Bourgogne a bien de la chance d'avoir une aussi jolie promise ! ajouta ma mère.

Ces compliments me charmèrent. Toutes deux avaient aussi revêtu leurs plus beaux atours.

Nous allâmes, en procession, jusqu'aux appartements de mon père. Six pages tenaient ma queue qui était si lourde que je craignais de basculer en arrière. Dans son manteau brodé de fils d'or, mon père avait une allure noble et majestueuse qui m'intimida. Je lui fis une petite révérence fort courtoise et le regard dont il m'enveloppa en disait long sur la fierté qu'il éprouvait.

Nous nous rendîmes ensuite à la chapelle royale toute fleurie. Le comte de Tessé qui représentait le duc de Bourgogne me prit délicatement la main et me conduisit devant l'autel.

J'étais si émue que je ne me souviens plus précisément du déroulement de la cérémonie, mais je répondis aux questions du prêtre comme je l'avais appris. Après la bénédiction, nous retournâmes dans les appartements de mon père et, après que le marquis de Saint-Thomas nous eut lu, à haute voix, le contrat de mariage, j'y apposai, sans trembler, ma signature. Le comte de Tessé fit de même.

J'étais donc officiellement fiancée au duc de Bourgogne.

Toutes les cloches des églises carillonnèrent. Une foule de dames et de gentilshommes se pressa dans les salons pour me présenter leurs félicitations. J'accordai à chacun un souris ou un mot aimable, ce qui sembla satisfaire tout le monde. Par les fenêtres, j'aperçus une foule dense qui riait, chantait, dansait, s'embrassait et lançait des vivats.

Qu'il était donc agréable d'être ainsi fêtée !

CHAPITRE

8

Ma mère et ma grand-mère étaient gaies et paraissaient avoir oublié tous leurs tracas.

Mon père aussi avait changé. Il ne fuyait plus loin de nous et m'expliquait patiemment comment je devrais me comporter à la cour de France.

— Chacun a une place que lui donne son rang. Le roi est très attaché à l'étiquette. Il faudra vous y conformer. Votre jeune âge ne doit pas vous dispenser de savoir vous taire. Le roi déteste le caquetage. Et je sais, ma fille, que vous avez la langue bien pendue !

Je souris en promettant :

— Je serai muette !

— Point trop non plus. Il faut savoir écouter, être discrète et ne parler que si l'on vous adresse la parole. Je vous rappelle que votre premier devoir est de bien servir le roi et de lui obéir.

— Je ferai de mon mieux pour vous satisfaire.

— Ce ne sera point pour moi que vous agirez mais pour vous et uniquement pour vous. De votre conduite dépendra votre bonheur. Si vous savez plaire au roi et à Mme de Maintenon, votre fortune est assurée. Si par malchance, vous leur déplaisez, alors...

Afin de le rassurer, je lui sautai au col en affirmant :

— Je saurai les contenter.

Il me repoussa doucement mais fermement en me grondant :

— Ce n'est point en vous montrant si puérile que vous y parviendrez !

Honteuse de m'être laissé emporter, je baissai la tête.

— Toutefois, votre impulsivité est si charmante... ajouta-t-il.

Je ne savais plus que penser et comment agir pour me comporter correctement.

— Ah, ma fille, vivre à la cour du plus grand roi du monde est ce dont rêve toute demoiselle de qualité ! s'enthousiasmait ma mère.

— Et puis, j'ai ouï dire que le duc de Bourgogne était fort cultivé, enchaînait ma grand-mère. À douze ans, il a traduit Tacite en entier. Il apprécie les sciences, l'histoire et les mathématiques.

— Pourvu qu'il ne soit pas trop ennuyeux, me lamentais-je, je n'aime, quant à moi, pas trop l'étude, vous le savez bien.

— Certes, mais on m'a rapporté qu'il était aussi doué pour le dessin et la musique, et comme vous dansez à ravir, la musique vous rapprochera.

Nous passions beaucoup de temps à choisir tissus, rubans, chaussures et parures diverses.

— Il faut, me certifiait ma mère, ne point arriver en France comme une pauvresse.

— Rien n'est trop beau, ni trop somptueux pour ma fille ! renchérissait mon père.

Puisque je devais demeurer l'automne et l'hiver en Savoie, je jugeais ces préparatifs prématurés. J'aurais souhaité pouvoir savourer ces mois de liberté à jouer avec Marie-Louise comme nous le faisions habituellement.

Un après-dîner, j'hésitais sur le choix d'une pièce de soie pour la confection d'une jupe. Mme des Noyers me suggérait la teinte « aile de pigeon » alors que la comtesse Cisterna penchait pour une étoffe « bleu de mer ». Les deux dames se chamaillaient pour avoir l'honneur de décider de ce qui plairait le plus au roi de France.

Excédée, je saisis le pan de tissu en affirmant :

— Mère m'aidera à choisir.

Arrivée devant la porte de sa chambre, je l'entendis parler à mon père et, afin de ne point rompre leur discours, j'attendis un instant.

— Déjà ! se désola mère, mais n'avait-il point été convenu que Marie-Adélaïde ne partirait qu'au printemps ?

— J'ai longuement parlementé avec Tessé, mais le roi a fixé la date de son départ au 7 octobre, avant les rigueurs de l'hiver.

— Dans une semaine ! La suite de Marie-Adélaïde ne sera jamais prête !

— Le roi veut qu'elle entre en France sans aucune dame savoyarde.

Une bouffée d'angoisse me noua la gorge. Que m'importait, à présent, la couleur d'un tissu !

— Co... comment ? Mais elle n'a que onze ans. Elle a besoin de visages connus autour d'elle pour la consoler et s'occuper de toutes ces petites choses intimes qui sont fort intimidantes devant des serviteurs inconnus.

— Croyez bien, madame, que j'ai plaidé la cause de notre fille avec beaucoup de véhémence. J'ai proposé que deux ou trois de ses dames favorites restent près d'elle durant quelques mois.

— C'est la moindre des choses, me semble-t-il.

— Le roi a refusé, arguant que Marie-Adélaïde s'habituera plus vitement aux dames que l'on mettra à son service s'il n'y en a pas qu'elle connaît mieux.

— Sa Majesté est bien dure avec notre enfant, soupira ma mère.

Mon père garda le silence un long moment, puis il reprit après un profond soupir :

— J'hésite à vous informer de l'ordre que m'a transmis Tessé il y a quelques heures... j'en ai moi-même été tourneboulé...

Mon pouls s'accéléra, et, oubliant les règles de bonne conduite, je me mis sur la pointe des pieds pour coller mon œil au trou de la serrure. Je pus ainsi apercevoir ma mère assise dans un fauteuil et mon père arpentant nerveusement la pièce.

— Ah, mon ami, vous me mettez sur des charbons ardents !

— Le roi la veut nue[1]. Non seulement, il renverra toute personne ayant accompagné la princesse à la frontière, mais il exige que Marie-Adélaïde abandonne aussi tous ses vêtements jusqu'à son mouchoir !

— Oh, elle a pris tant de soin et de plaisir à choisir sa garde-robe !

— Le comte de Tessé a fait parvenir à Mme de Maintenon les mesures de sa taille sur un ruban de satin, ainsi qu'un corps lui appartenant. Jupes, jupon,

1. C'est l'expression employée par M. Tessé, ambassadeur de France.

bustier, robes seront confectionnés pour elle par les tailleurs de la cour selon le style français.

— Ainsi, il ne lui restera rien de notre maison, se lamenta ma mère. Ce sera bien difficile pour elle.

Je me reculai et je me laissai choir sur le sol, froissant la belle étoffe que j'avais lâchée. Des larmes silencieuses coulèrent sur mes joues.

— Je ne l'ignore point. Mais Marie-Adélaïde est plus forte qu'elle n'en a l'air. Je gage qu'elle nous étonnera par son courage.

— C'est encore un enfançon qui n'aime que le jeu. J'aurais tant souhaité la voir s'épanouir parmi nous et la voir devenir jeune fille...

— Je l'aurais voulu également, mais le roi de France en a décidé autrement...

Il y eut un nouveau silence. Craignant que mon père ne m'aperçoive en ouvrant la porte, je sortis précipitamment de l'antichambre.

Je séchai mes larmes d'un revers de main. Je décidai de me montrer telle que mon père le souhaitait : courageuse, afin qu'il garde l'image d'une fillette droite, résolue et obéissante, et non celle d'une poupée de chiffon larmoyante.

CHAPITRE

9

Le 7 octobre arriva trop vite. La semaine précédente, j'avais eu du mal à contenir mes larmes tant ma mère, ma grand-mère, ma sœur, mon père, mes gouvernantes se lamentaient sur mon sort. Leur peine était si grande que c'est moi qui les rassurai :

— Voyons, ne pleurez point ainsi. Ce n'est pas vers la désolation que je vais mais vers le bonheur !

— Ah, Marie-Adélaïde, me répéta ma sœur pour la centième fois... ne plus vous avoir à mes côtés me brise le cœur.

Pour la centième fois, je lui assurai :

— Je vous ai promis de faire tout mon possible pour que vous veniez me rejoindre et je tiendrai ma parole.

En fin de compte, j'avais hâte de partir, hâte de fuir cette tristesse, ces larmes, ces recommandations. Il me semblait que le souris me reviendrait lorsque la séparation serait effective. Je me sentais assez forte pour la supporter... mais je n'osais l'avouer. Et puis, ma mère et ma grand-mère m'avaient tellement vanté cette cour de France, ses divertissements, ses plaisirs que la perspective d'y vivre me réjouissait.

Mon père m'avait embrassée la veille. Je suppose qu'il craignait d'être submergé par l'émotion en me voyant partir.

— Souvenez-vous de tout ce que je vous ai enseigné et montrez-vous digne de la Maison de Savoie, me recommanda-t-il d'une voix sourde.

— Je n'ai rien oublié, père.

— Soyez sage, obéissante et vertueuse. J'espère que vous serez heureuse... vous le méritez.

Il m'avait prise dans ses bras et avait essuyé de son index la larme qui, contre ma volonté, glissait sur ma joue.

Ma mère, ma grand-mère et ma sœur montèrent avec moi dans le carrosse qui devait me conduire en France. Dans une autre voiture, prirent place la princesse de Cisterna, Mme des Noyers, Mme Marquet et d'autres dames de la cour ; l'ambassadeur de la province de Turin et plusieurs gentilshommes s'installèrent dans une troisième voiture. Quinze gardes de mon père, quatre pages, six valets de pied, quelques gentilshommes servants, mon médecin et les deux aumôniers attachés à ma mère étaient également du voyage.

Nous traversâmes Turin fort lentement tant la foule venue voir une dernière fois leur princesse était grande. Les gens criaient, applaudissaient, lançaient les dernières fleurs des champs. Ces démonstrations de joie me firent croire un instant que j'étais déjà reine et je saluai de la main pour les remercier. C'était fort agréable.

— Le peuple vous aime, ma fille, constata ma mère. Il faudra vous faire aimer pareillement en France.

— Je m'y emploierai.

À quelques lieues de Turin, notre cortège s'immobilisa. Le moment de la séparation définitive était venu. Grand-mère m'étreignit en contenant ses larmes. Mère m'inonda des siennes en me caressant les cheveux, me piquant le visage de petits baisers mouillés. Marie-Louise sanglota en me tordant les mains. Je me laissais aller dans les bras des unes et des autres, mêlant mes larmes aux leurs. Je pense que si le maréchal di Bronero et la princesse de Cisterna n'étaient point intervenus, nous serions restées enlacées sans jamais pouvoir nous séparer. Je m'étais juré d'être forte... mais la tristesse de ceux que j'aimais était si intense qu'elle m'emporta également. Lorsque notre carrosse démarra, il me sembla que l'on m'arrachait le cœur et je me blottis contre Mme Marquet qui me berça comme une enfant que j'étais encore.

J'avais appris, la veille, par un courrier, que Louis le quatorzième autorisait ma femme de chambre, Mme Marquet, à demeurer encore six mois à mon service. Cela me fut un grand soulagement. Cette dame était dans notre famille depuis de nombreuses années. Elle savait tout de moi et sa présence amicale me serait d'un grand réconfort.

Je dus sans doute m'assoupir, car ce sont des acclamations qui me tirèrent du sommeil agité dans lequel j'avais sombré.

— Ce sont les gens du village que nous traversons qui ovationnent leur princesse, m'annonça Mme Marquet.

Je me redressai vitement et accrochai un souris à mes lèvres pour les saluer de la main. Les vivats redoublèrent.

Il en fut de même durant tout le voyage. Dans chaque hameau, chaque village, chaque ville, le peuple me fêtait. Mon carrosse franchissait des arcs de triomphe en pierre, en bois, en feuillage suivant la richesse du lieu, des feux d'artifice éclataient, des musiques jouaient, des centaines de gardes aux uniformes colorés me faisaient des haies d'honneur, j'étais conviée à d'énormes banquets, à des bals, à des fêtes. Je passais brutalement du rôle de fillette à celui de fiancée du petit-fils du plus grand roi du monde. Mon peuple me montrait tous les espoirs de paix et de prospérité qu'il mettait dans cette union. Je me sentis investie d'une mission capitale, qui adoucit ma peine.

Lorsque nous roulions en pleine campagne, j'admirais par l'ouverture de la portière les paysages qui avaient enchanté mon enfance : les Alpes si majestueuses, les cascades, les vastes prairies. Je savais que je ne les reverrais plus et c'était presque aussi douloureux que l'éloignement de ma famille.

Après dix jours de voyage, notre cortège pénétra enfin dans Chambéry, notre vieille capitale. J'y étais venue plusieurs fois déjà, mais jamais je n'avais reçu un accueil comme celui-ci. Pourtant, j'étais si fatiguée qu'il me fut pénible d'assister à toutes les cérémonies organisées en mon honneur.

Je dus y parvenir assez bien, car au matin du 16, lorsque je quittai le château, cinquante jeunes gens en uniformes écarlates, montés sur de magnifiques chevaux, et les gardes du duc de Savoie ouvrirent la marche, tandis que le peuple m'escorta sur plusieurs lieues en chantant mes louanges au son des trompettes.

Nous arrivâmes vers les trois heures de relevée à Pont-de-Beauvoisin. L'angoisse me noua l'estomac. Je savais que c'était le lieu de l'ultime séparation. De l'autre côté du pont était la France. Je priai le Seigneur qu'il me donne la force de ne point m'effondrer. De ma voiture, j'aperçus le carrosse qui devait m'emporter vers mon nouveau pays. Les roues arrière étaient parfaitement au milieu du pont. Les chevaux étaient tournés vers la France, prêts à partir. Des gardes formaient une haie. J'aperçus aussi une importante délégation de gentilshommes et de dames serrés les uns contre les autres pour assister à mon arrivée.

Comme l'avait ordonné Sa Majesté, Mme Marquet me dévêtit entièrement et m'habilla des superbes atours qu'on venait de lui remettre. Je serrai les dents. Je me sentis nue de corps et de cœur. Rien de la Savoie ne me restait hormis les souvenirs que l'on ne pourrait jamais m'arracher.

— Vous êtes encore plus jolie, ainsi, me dit-elle pour m'encourager.

Je descendis de la voiture pour faire les quelques pas qui me séparaient du carrosse français. Le page savoyard qui portait ma queue la céda en sanglotant à un page du roi. Au bruit de ses pleurs, mes yeux se mouillèrent, mais je continuai à avancer bravement. Toute la noblesse du Dauphiné et des provinces voisines m'acclama.

M. le comte de Brionne m'attendait à l'exacte moitié du pont et me présenta ses compliments. Il me nomma ensuite toutes les personnes que le roi avait détachées de son service pour venir au-devant de moi, ainsi que les dames du palais qui constitueraient ma suite.

Il me fut impossible de me souvenir de leur nom, mais je les saluai d'un souris comme me l'avait recommandé ma mère afin qu'elles aient plus de plaisir à me servir.

Dès le lendemain, nous reprîmes la route.

Nous passâmes la nuit à Bourgoin, nous dînâmes le lendemain à Saint-Laurent, puis nous entrâmes à Lyon. J'y fus reçue comme une reine ! Nous demeurâmes trois jours dans cette ville afin de pouvoir honorer de ma présence les gens de qualité, les bourgeois, l'archevêque, les comtes de Lyon, les jésuites et les carmélites.

Nous reprîmes ensuite notre périple, faisant halte à Tarare, Roanne, La Pacaudière, Varennes, Moulins, Saint-Pierre-du-Moustiers, Nevers, La Charité, Cosne et Briare...

Alors que je m'apprêtais à me coucher, le comte de Brionne demanda à me parler. Je craignis un moment qu'il ne vînt m'annoncer une mauvaise nouvelle, je le reçus le cœur battant.

— Sa Majesté viendra au-devant de vous à Montargis.

— N'avait-il point été convenu qu'elle m'accueillerait à Fontainebleau ?

— Si fait, mais Sa Majesté est très impatiente de vous voir.

— J'espère ne pas la décevoir.

— Je ne le crois pas, me répondit-il avec un demi-souris.

J'osai alors lui poser la question qui me brûlait les lèvres :

— Et... le duc de Bourgogne, mon fiancé... quand donc le verrai-je ?

Il prit un ton de confidence et me dit :

— Le roi a consenti que M. le duc, tout aussi impatient que lui, vienne vous accueillir à Nemours.

Je ris et j'ajoutai :

— Eh bien, toute cette impatience est fort plaisante... et je la partage.

Au matin, Mme Marquet, aidée de plusieurs servantes, passa trois heures à m'apprêter. Le trajet en carrosse jusqu'à Montargis me parut interminable. Enfin nous approchâmes ! Il fallut que la voiture se fraie un chemin parmi la foule immense qui s'était assemblée pour voir son roi, la famille royale et moi... Là encore, il y eut des cris d'allégresse, des explosions de boîtes[1], des chants, des trompettes...

Le carrosse s'arrêta devant un imposant bâtiment.

---

1. Boîtes remplies de poudre et que l'on faisait exploser comme des pétards.

— Le roi vous y attend, me souffla Mme du Lude[1], ma nouvelle dame d'honneur.

Mon cœur se mit à battre la chamade. La porte s'ouvrit. Le roi se tenait à trois pas. Je descendis, saisissant mes jupes à deux mains afin de ne pas me prendre les pieds dans le tissu, et je m'apprêtais à plonger dans ma plus belle révérence lorsque le roi s'avança vers moi, me tendit les bras et m'embrassa en s'exclamant :

— Ah, madame, j'avais hâte de vous voir !

Qu'il me donnât du « madame » me surprit, car je ne me sentais pas en âge de mériter ce titre. Je suppose que c'était celui qui me convenait puisque, comme ma mère me l'avait expliqué, j'allais devenir la première dame du royaume. Je tâchai de ne rien laisser paraître de mon trouble et je répondis, en posant respectueusement mes lèvres sur la main du roi :

— Sire, ce jour est le plus beau de ma vie.

— Appelez-moi Monsieur, me répondit-il.

Son ton familier m'étonna. Mon père m'avait décrit un monarque froid et distant. J'étais heureuse de voir qu'il n'en était rien.

Monsieur, frère du roi, s'avança à son tour et me serra avec effusion contre lui. Je me permis de

---

1. Marie-Louise de Béthune (1642-1726) épousa en 1681 en secondes noces Henry de Daillon, duc du Lude, âgé de 60 ans. Elle fut veuve en 1685.

l'embrasser sur la joue puisqu'il était mon grand-père, ce qui le fit rire aux éclats.

Monseigneur, le Dauphin, père de mon futur époux, fut le dernier à me saluer.

Sans plus de façons, le roi me prit la main et me conduisit dans l'appartement mis à ma disposition. Au fur et à mesure que nous avancions, les curieux entassés dans les pièces et les escaliers éclairés de flambeaux se taisaient et l'on n'entendait plus que murmurer « le roi, le roi ». C'était fort impressionnant.

Durant le souper que je pris encadrée par le roi et Monseigneur, je fis très attention à manger proprement, sobrement, en me tenant bien droite. Je crois y être parvenue, car les regards de satisfaction que Sa Majesté échangeât avec son frère et son fils me comblèrent. Quant à moi, être à la table du roi de France me remplit de fierté. J'eus une pensée pour mes parents et surtout pour ma douce maman. Elle aurait été si heureuse de me voir !

Comme si le roi avait lu dans mes pensées, il se pencha vers moi et me dit :

— Je souhaiterais que votre mère soit ici, témoin de notre joie.

Grâce à cette phrase, il gagna mon affection.

À la fin du repas, il m'accompagna jusqu'à ma chambre comme l'aurait fait un père attentif. Il m'observa tandis que l'on me peignait et que l'on me déshabillait, puis il m'embrassa avec tendresse avant de sortir.

— Pensez-vous que le roi m'ait trouvée à son goût ? m'inquiétai-je.

— J'en suis certaine, m'affirma Mme du Lude.

— Je l'ai entendu souffler à Monseigneur que vous aviez la plus belle taille qu'il ait jamais vue, des yeux noirs, vifs et admirables, de magnifiques cheveux, le teint uni, la bouche fort vermeille, les dents blanches. Que vous aviez l'air noble, les manières polies et agréables.

— Oh, Sa Majesté a dit cela de moi ?

— Parfaitement.

— Alors, je suis la plus heureuse des princesses !

CHAPITRE

10

J'avais, à présent, grande hâte de rencontrer mon futur époux. J'espérais qu'il serait aussi aimable que son grand-père.

Au matin, j'étais, je crois, encore plus nerveuse que la veille. Je voulais éblouir le duc de Bourgogne pour qu'il m'aime et soit fier de devenir mon époux.

— Ajoutez, je vous prie, quelques rubans dans mes cheveux et plus de vermeil sur mes lèvres, ordonnai-je aux dames qui me préparaient.

Après avoir suivi avec ferveur la messe au couvent des Barnabites, je montai dans le carrosse du roi où avait également pris place Monsieur, Monseigneur et la duchesse du Lude. Douze autres voitures à six chevaux et un nombre important de gardes étaient du voyage.

La conversation s'engagea mais j'étais trop nerveuse pour y participer. Cependant, afin d'être polie, je répondais brièvement lorsqu'il le fallait. Mais la plupart du temps, je regardais par l'ouverture de la portière ce pays qui allait être le mien. Cela me permettait de laisser voguer mon esprit sans paraître mal élevée. Sa Majesté et les autres voyageurs le comprirent, car ils respectèrent mon silence.

— Nemours ! s'écria tout à coup Monsieur, l'index pointé en direction de la ville.

Sa voix me tira de ma rêverie. J'eus à peine le temps de me redresser qu'un cavalier caracola à côté de notre voiture. Il maîtrisait parfaitement bien son cheval richement harnaché. Lui-même était galamment vêtu et les plumes de son chapeau brodé d'or flottaient au vent de la course. À n'en point douter, il s'agissait du duc de Bourgogne. Il m'apparut comme le preux chevalier des chansons de geste que Mme Marquet m'avait lues.

Ses deux frères, le duc d'Anjou[1] et le duc de Berry[2], l'accompagnaient à cheval et se placèrent de l'autre côté de la voiture pour nous escorter jusqu'à Nemours. Anjou avait fière allure et je pensai aussitôt

1. Philippe, duc d'Anjou, né en 1683. Il a un an de moins que son frère le duc de Bourgogne. Il a treize ans lorsqu'il rencontre Marie-Adélaïde.
2. Charles, duc de Berry, né en 1686. Il a quatre ans de moins que le duc de Bourgogne. Il a dix ans lorsqu'il rencontre Marie-Adélaïde.

qu'il ferait un charmant époux à Marie-Louise. Quel bonheur si nous étions à nouveau réunies !

Bourgogne demeura à côté de ma portière. Je ne le quittais point des yeux tout en essayant d'adopter un air détaché, ce qui n'était point aisé.

Dès que notre carrosse s'immobilisa, il sauta lestement de sa monture, courut vers moi et, avant que je ne descende, il saisit ma main et la baisa.

Je rougis et, par modestie, je baissai les yeux. Mais à travers mes cils je vis qu'il avait une abondante chevelure brune, un regard d'aigle, une mine agréable et une taille bien proportionnée.

Je crois que je l'aimais sur l'instant et que je me surpris à penser que je serais contente de passer ma vie avec un aussi charmant époux.

Nous arrivâmes à Fontainebleau sur les cinq heures de relevée.

La cour était envahie par la foule, les Cent-suisses, les officiers des gardes, les chevau-légers et les pages de la Maison du roi. Les courtisans, somptueusement vêtus, étaient rangés sur l'escalier en fer à cheval. Des gens s'agitaient aux fenêtres et certains étaient même perchés sur les toits.

Lorsque je sortis du carrosse derrière le roi, des cris de « vive le roi et vive madame la princesse de Savoie » retentirent de tous côtés.

Le roi me conduisit dans les appartements autrefois occupés par sa mère et qu'il me destinait. La cohue était telle que nous n'avancions qu'à pas comptés. Je craignais à tout moment que le roi ne s'emporte, mais il marchait dignement, lentement, un demi-souris aux lèvres, et s'arrêtait souventes fois pour me laisser admirer.

Dans ma chambre, il y avait presque autant de monde qu'à l'extérieur. Le roi me nomma les princes du sang, que j'embrassai comme on me l'avait recommandé. Il me parut que certaines princesses me tendirent la joue à regret. Je me souvins alors que ma mère m'avait mise en garde :

— Vous allez être fort dérangeante pour les princesses, car jusqu'à votre venue, c'était elles qui, depuis le décès de Madame la Dauphine, se disputaient la place d'honneur auprès du roi. Je gage que vous allez vous faire plus d'ennemies que d'amies. Ce sera à vous par votre politesse, votre gentillesse à les retourner en votre faveur.

Je leur accordai donc mon souris le plus enjôleur.

Lorsqu'il me présenta Mme de Maintenon, je lui sautai tendrement au col en lui disant :

— Maman m'a chargée de vous faire mille amitiés et de vous demander la vôtre pour moi.

Je crois que cette phrase lui plut, car elle me caressa doucement la joue et le souris qu'elle m'adressa était tout maternel.

Je donnai ensuite ma main à baiser aux ducs, marquis, comtes, maréchaux de France... les autres gens de qualité se contentèrent de baiser le bas de ma robe. Je restai debout, souriante, de longues heures... J'étais épuisée.

Le lendemain, le roi me fit encore l'honneur de me prendre dans sa voiture où avec Mme de Maintenon, Mme du Lude et la comtesse de Mailly, ma dame d'atour[1], nous longeâmes le canal pour assister à une fort divertissante pêche aux cormorans.

Je fus ensuite autorisée à revoir mon fiancé quelques instants. Je l'attendis avec impatience dans mes appartements en présence de Mme de Maintenon et de Mme du Lude. Il me parut plus timide et gauche que lorsque je l'avais vu à cheval. Il demeura debout sur mon côté droit, la bouche ouverte comme si je le fascinais. Sans vouloir jouer les coquettes, cela me séduisit. Je n'osais point le questionner, et, ne pouvant, dans cette pièce, lui proposer un jeu ou un quelconque divertissement, nous ne savions que dire. Nous nous observâmes quelques minutes sans en avoir l'air.

Afin d'éviter que le silence ne s'éternise, Mme de Maintenon prit la parole :

— Connaissiez-vous la pêche aux cormorans ?

1. La dame d'atour est une dame de la noblesse qui a la charge de présider à la toilette d'une princesse.

— Non. Mais je goûte mieux la chasse, parce qu'il y a plus d'action, répondis-je.

— J'aime aussi beaucoup la chasse, ajouta Bourgogne.

— Aimez-vous la musique ? s'enquit la marquise.

— Beaucoup, mais je préfère la danse... on bouge plus.

Je vis Mme de Maintenon retenir son rire. Mais mon fiancé, très sérieux, poursuivit :

— François Couperin[1], mon maître de musique, m'a appris le clavecin. Il vous l'enseignera si vous le désirez.

Je ne lui avouai pas que l'apprentissage du solfège m'avait tant rebutée que j'avais dû renoncer à jouer d'un quelconque instrument.

— Appréciez-vous aussi la poésie de nos auteurs anciens ? me demanda-t-il timidement.

Le ton de sa phrase appelait une réponse affirmative, mais ne voulant point lui mentir et lui révéler mon ignorance, je m'en sortis par une pirouette :

— Je suis trop jeune encore pour les bien connaître.

— Certes.

Le silence retomba dans la pièce, mais un coup d'œil en coin me permit de me rendre compte que Bourgogne ne me lâchait point du regard.

---

1. François Couperin (1668-1733), compositeur, organiste, claveciniste réputé.

Mme de Maintenon jugea utile de rompre l'entretien. Il y avait déjà une demi-heure que nous étions ensemble.

— Nous vous remercions, Louis, pour votre agréable visite.

Louis, qui n'avait pas pris la peine de s'asseoir, s'inclina devant moi. Je lui tendis ma main et il l'effleura de ses lèvres. Un délicieux frisson me parcourut le dos.

Après trois jours passés à Fontainebleau, nous partîmes pour Versailles. Je n'ai point compté le nombre de voitures qui prirent la route, mais il me parut que le cortège s'étirait sur plus d'une lieue, car toute la cour voulut quitter ce château avec le roi pour arriver à Versailles sans retard. Les chevau-légers, les Cent-suisses, les mousquetaires, les officiers nous escortaient. C'était un spectacle incroyable, qui me fit battre des mains.

Dès que nous arrivâmes, Sa Majesté tint à me faire elle-même visiter mes appartements sis au premier étage dans la partie nord du bâtiment central.

— C'étaient ceux de feu Madame la Dauphine, m'annonça le roi. Ils vous reviennent de droit puisque vous allez devenir la première dame de France. Ils ont été entièrement aménagés et meublés pour vous.

— Je vous remercie, sire... heu, monsieur.

Je disposais de quatre grandes pièces en enfilade, dont les fenêtres donnaient sur une vaste terrasse ornée de fontaines.

— Au printemps, des millions de tulipes y fleurissent ! m'assura le roi. Parfois, pour me plaire, en une nuit, les jardiniers en changent la couleur.

— Seriez-vous magicien ?

— Ce n'est point moi qui le suis, me répondit le roi en souriant, mais le sieur Dupuy[1] qui plante les bulbes dans des pots et les déplace la nuit pour qu'au matin, il y ait une féerie en bleu, en blanc ou en rose.

Sa Majesté me fit ensuite remarquer, à droite de l'alcôve de ma chambre, une porte menant à un petit cabinet particulier et à un passage secret qui conduisait à ses appartements.

Le soir même, après le souper, alors que je tombais de fatigue, le roi m'accompagna dans les appartements de Mme de Maintenon. Elle était assise devant la cheminée dans un grand fauteuil capitonné, enveloppée d'une mante sombre. Je m'agenouillai à ses pieds et m'inquiétai :

— Seriez-vous souffrante, ma tante ?

Elle me sourit. Je gage que de s'entendre nommée « ma tante » lui avait plu. Cela m'était venu

---

1. Henry Dupuy, jardinier de Louis XIV.

naturellement. Ma mère m'avait appris que Mme de Maintenon avait secrètement épousé le roi. Mais que, officiellement, elle n'était point reine.

— Alors comment devrais-je l'appeler ? avais-je demandé.

Ma mère et ma grand-mère y avaient longuement réfléchi avant de lâcher :

— Madame, ce sera suffisant. Mais il faudra vous montrer aimable avec elle, car, si par malheur, vous ne gagnez point son amitié, la vie à la cour sera un enfer pour vous.

« Madame » m'avait paru trop froid pour cette vieille dame, « ma tante » beaucoup plus chaleureux. Il semble que j'eus raison, car la marquise enchaîna d'une voix douce :

— Non point, mignonne, mais je déteste les courants d'air de cette vaste bâtisse.

Le roi saisit alors un coffret d'argent sur une desserte et me l'offrit.

— Voici, me dit-il, afin de tenir votre rang de première dame du royaume.

Je l'ouvris. Il contenait les plus merveilleux bijoux qu'il m'ait été donné de voir. Je les saisis un à un pour les mirer à la lueur des chandelles et les faire étinceler !

— Oh, merci, sire ! m'exclamai-je, je vais avoir l'air d'une reine !

Je n'avais pas plus tôt dit cette phrase que je m'en mordis les lèvres. Le roi allait me juger bien orgueilleuse, mais il éclata de rire et ajouta :

— Point encore, madame, point encore !

Je compris alors qu'il serait toujours indulgent pour moi.

CHAPITRE

11

Le lendemain, afin de me faire admirer ses jardins, le roi me fit asseoir à côté de lui dans un petit chariot à roulettes poussé par deux Suisses.

— Comme cela est plaisant ! m'écriai-je.

— Si cela vous amuse, j'en suis content... moi, c'est l'âge qui m'oblige à me déplacer ainsi, le parc est bien vaste !

— Oh, non, grand-papa, vous n'êtes point si vieux ! m'exclamai-je.

Le roi rit une nouvelle fois et tous les gens de la cour qui suivaient s'amusèrent de ce bon mot et peut-être aussi de mon audace d'appeler ainsi le plus grand roi de la terre.

— Charmante enfant, murmura le roi en guettant l'approbation de Mme de Maintenon.

Nous visitâmes l'orangerie et le potager royal. Je m'extasiai sur la grandeur de l'orangerie et le nombre d'arbres qui y attendaient les beaux jours, mais, à dire vrai, mes parents possédaient autant d'orangers au Palazzo Reale. Quant au potager, comme en cette saison, rien n'y poussait, il me déçut. Je le cachai le mieux possible.

Les jambes me démangeaient de marcher et de courir, mais ne voulant pas fâcher le roi, je demeurais sagement assise à son côté.

Le long des berges du canal, des embarcations nous attendaient.

Le roi, Monsieur et Madame, Monseigneur, Mme de Maintenon et moi montâmes sur la galère. Les quarante-deux marins qui constituaient la chiourme nous saluèrent en levant leur bonnet rouge. Naturellement, je souris pour les remercier. Ce n'était apparemment pas la coutume, car ils se mirent aussitôt à crier : « Vive madame la princesse ! » ce qui surprit toute l'assistance.

J'entendis le roi murmurer à Mme de Maintenon :

— Ah, cette enfant séduira tous les cœurs !

Comme je me tournais vers les filles naturelles de Sa Majesté, les princesses de Conti et de Condé, je les vis pincer les lèvres. Il me parut que le compliment du roi les fâchait. Je me dis que je devrais me méfier de ces dames qui redoutaient sans doute que je leur vole la place qu'elles occupaient jusque-là. Je leur souris, mais elles détournèrent la tête et s'approchèrent vitement des chaloupes pour ne pas risquer de rester sur le quai.

Cette traversée du canal fut fort divertissante mais trop courte à mon goût. Nous débarquâmes bientôt en vue d'un petit château.

— Le Trianon est un palais de marbre, de jaspe et de porphyre, m'expliqua le roi. Avant, c'était une maison de porcelaine, mais il a été ruiné par le temps...

— Quel dommage, j'aurais eu plaisir à jouer dans une maison de porcelaine.

Ma repartie fut, à nouveau, commentée. J'en surpris des bribes. Être ainsi le centre d'intérêt de tous ces gens était pour le moins déroutant, mais je compris que je devais m'y habituer.

Après avoir admiré les diverses pièces ornées de peintures, tapisseries, meubles, nous reprîmes le navire pour nous diriger à l'exact opposé du Trianon.

— Je suis certain que ce nouveau bâtiment vous plaira beaucoup, m'annonça le roi.

— Serait-ce le château de Marly ?

— Non point, Marly est plus loin par-delà la forêt. Vous le découvrirez prochainement.

Quelques minutes plus tard, nous mîmes pied sur une berge et j'aperçus un peu plus loin un dôme dépassant des frondaisons.

— Serait-ce une chapelle ? m'informai-je.

— Non point. Avancez, madame, vous verrez bien, me proposa le roi comme s'il s'agissait d'un jeu.

Oubliant le roi, les princesses, les courtisans, je saisis le bas de ma jupe à deux mains et je courus devant. À quelques pas de l'entrée, je m'arrêtai, intriguée par des cris d'animaux. Je me retournai alors, souriante, vers le roi et je criai :

— Une ménagerie !

Je piaffais d'impatience en attendant qu'il me rejoigne.

— Holà, madame, me dit-il d'un ton qu'il s'efforçait de rendre sévère, souvenez-vous, je vous prie, que je n'ai plus votre âge depuis longtemps...

— Oh, veuillez me pardonner, monsieur... mais j'aime tant les animaux que j'ai hâte de voir ceux qui sont derrière ces murs.

— Cette ménagerie abrite un ours, des pélicans, des gazelles, un lion, des tigres, des chameaux, un éléphant et...

— Avez-vous des oiseaux ? Nous en avions à Turin de fort beaux...

— Nous avons des perroquets, des autruches, des flamants roses... on m'a certifié que la volière abritait plus de trois mille oiseaux...

— Trois mille ? Est-ce possible ?

— Comment ? s'insurgea en riant le roi... mettriez-vous en doute la parole de votre roi ?

— Oh, non, sire... c'est que je suis si contente...
en Savoie, je savais soigner les vaches, m'occuper
des chevaux, des chèvres aussi et même des lapins !

— Eh bien, madame, à partir de ce jour d'hui, la
ménagerie sera à vous. Vous l'agrémenterez à votre
goût. Vous y recevrez des dames et vous y accueil-
lerez autant d'animaux qu'il vous plaira !

— Oh, monsieur, c'est trop de bonté ! m'exclamai-
je en saisissant la main du roi pour la baiser.

— Votre bonheur est toute ma récompense !

Je crois n'avoir jamais poussé autant d'exclama-
tions de joie de ma vie ! Certes, je connaissais déjà
certains de ces animaux, mais le roi semblait si heureux de mes découvertes que, pour lui plaire, j'exa-
gérais un peu mon enthousiasme.

— Ah, si ma sœur pouvait être avec moi, je serais
comblée. Pensez-vous qu'elle pourra, un jour, me
rejoindre à la cour de France ?

— Je verrai, me répondit le monarque.

Le 13 novembre, je découvris Marly.

J'en avais ouï parler d'une curieuse façon.

Quelques jours auparavant, j'avais surpris un gentilhomme qui, alors que le roi sortait du conseil et
empruntait la grande galerie, s'était incliné en murmurant : « Marly, Sire ? » Un autre avait fait de
même et un troisième tout pareillement.

J'avais donc interrogé Mme du Lude à ce sujet.

— Que veulent donc tous ces gens qui demandent Marly à Sa Majesté ?

— Être invité à Marly ! Le roi choisit avec soin ceux qu'il souhaite honorer, flatter ou remercier en les autorisant à l'accompagner dans ce petit château de campagne. Un signe de tête du roi, ils sont invités et c'est un immense honneur. Si le roi se détourne, ils sont refusés et c'est la désolation.

— Serai-je invitée ?

Mme du Lude avait ri.

— Vous, ce n'est pas la même chose !

J'avais donc pris place avec le roi, Mme de Maintenon, Monsieur et Monseigneur dans la voiture qui, en traversant la forêt, nous conduisit à deux lieues de Versailles jusqu'à Marly.

Mon fiancé était, avec ses frères, dans un autre carrosse. L'étiquette voulait que nous ne nous trouvions point ensemble. C'était fort ennuyeux, car j'aurais souhaité le rencontrer plus souvent.

Marly m'enthousiasma. Il n'y avait qu'un seul bâtiment de taille modeste réservé à la famille royale. Les courtisans étaient hébergés dans douze petites maisons alignées sur deux terrasses qui se faisaient face, séparées par un plan d'eau. Les maisons étaient reliées entre elles par des portiques de verdure constitués par des ormes dont les branches avaient été courbées au-dessus de cerceaux. Mais pour l'heure, comme il n'y avait point de feuilles, la perspective était moins agréable :

— Vous verrez, à la belle saison, Marly est un enchantement, me souffla le roi.

— Je n'en doute pas, monsieur, et je sens que je vais beaucoup m'y plaire.

Les jardins, dont nous fîmes le tour en carrosse, étaient fort à mon goût. Moins immenses que Versailles, ils me donnèrent l'impression que je m'y perdrais moins. Bassins, cascades, bosquets, statues étaient harmonieusement disposés.

— Que tout cela est joli ! m'exclamai-je.

— Je suis heureux que vous partagiez mon goût pour ce lieu, me répondit le roi en me saisissant la main pour la baiser.

Je compris que, sans le vouloir, je venais encore de renforcer l'affection du roi pour moi.

Le soir même, au dîner, je découvris qu'à Marly le roi n'était plus le roi, mais un simple gentilhomme dans sa maison. Il commença à jeter des boulettes de pain aux dames. Jamais, je n'aurais pu imaginer cela du roi de France. Je crus que les dames allaient simplement sourire. Mais la comtesse du Châtelet riposta et bientôt toutes les dames assaillirent le roi de mie de pain et la table se transforma en champ de bataille où les cris, les rires, le pain et parfois d'autres aliments volaient et atterrissaient un peu partout. Je ne fus pas la dernière à me mêler à cette amusante guerre.

Il est vrai que ce soir-là Mme de Maintenon, qu'un léger refroidissement avait fait éternuer plusieurs fois durant le voyage, préféra dîner dans sa chambre. Elle n'aurait pas, je pense, apprécié notre petit divertissement.

CHAPITRE

12

Je m'habituai vite à ma nouvelle existence. Le soir, pourtant, lorsque je me retrouvais seule dans ma chambre avec Mme Marquet, je pensais à ma mère et à ma sœur. Cette dernière surtout me manquait pour les jeux et les rires. Je n'avais, autour de moi, que des dames. Certes, elles consentaient à jouer avec moi à colin-maillard ou à cligne-musette, mais ce n'était point pareil que si elles avaient eu mon âge.

Et puis, un jour où j'écrivais justement à ma chère sœur, Mme de Maintenon entra dans ma chambre et se pencha par-dessus mon épaule.

— Seigneur ! s'étonna-t-elle, votre écriture est illisible et votre orthographe déplorable !

Je cachai vitement la feuille de ma main et je me défendis :

— L'essentiel est que Marie-Louise ait de mes nouvelles !

— Assurément, mais la première dame de France doit être capable d'écrire un français correct. On se gausserait de vous si, plus tard, une lettre que vous auriez écrite à votre époux parti à la guerre tombait entre les mains d'un officier ou pire d'un ennemi.

Mon orgueil se rebella et j'assurai :

— Alors, je veux apprendre !

— Je vais engager deux professeurs de français et Dangeau vous apprendra l'histoire. Et, afin de vous distraire, je vais nommer un maître de musique et un maître de danse.

Passer de longues heures avec des adultes sérieux chargés de m'instruire me parut le pire des supplices. La marquise surprit ma mine chagrine. Elle réfléchit un moment, puis me proposa :

— Et que diriez-vous d'apprendre avec des compagnes de votre âge ?

— Ce serait, assurément, beaucoup plus plaisant.

— Dès demain, je vous accompagne à Saint-Cyr, la maison d'éducation que j'ai fondée voici dix ans. Elle héberge les demoiselles de qualité dont les parents se sont ruinés au service du roi. Si Sa Majesté vous y autorise, vous y ferez votre entrée comme n'importe quelle demoiselle de qualité.

— Que voulez-vous dire, ma tante ?

— Il n'est pas question de troubler le calme de ce lieu. Ainsi je souhaite que vous n'y soyez point traitée selon votre rang, mais comme n'importe quelle demoiselle de cette maison.

— Oh, jouer à ne point être princesse ne sera pas difficile. C'est comme cela que je vivais en Savoie.

— Habillez-vous donc sans afféterie, ayez une coiffure simple, sans ruban, et ne portez aucun bijou.

Le lendemain, j'étais prête sur les deux heures de relevée, lorsque Nanon, la domestique de Mme de Maintenon, vint me chercher dans mes appartements. J'avais essayé de respecter les ordres de sa maîtresse, mais j'avais laissé Mme Marquet me poudrer les cheveux et y mêler quelques rubans afin, tout de même, de ne point ressembler à une souillon.

Nous eûmes à peine le temps de nous installer dans la calèche et d'être un peu secouées par les cahots du chemin que le cocher, après avoir franchi l'une des portes du parc, s'arrêta dans une cour pavée. J'avais déjà aperçu par l'ouverture de la portière les demoiselles bien rangées de chaque côté d'une allée centrale.

— Qu'est-ce que cela ? grommela Mme de Maintenon, j'avais pourtant exigé l'anonymat.

— Ah, ma tante, ne soyez point sévère, on a cru vous plaire en voulant m'honorer.

La supérieure de la maison s'inclina profondément devant moi dès que j'eus posé le pied au sol et baisa respectueusement la main de Mme de Maintenon. Un claquement sec retentit et deux cent cinquante demoiselles s'inclinèrent d'un même élan. Je leur adressai un souris pour les remercier.

— Nous ferez-vous l'honneur, madame, de visiter l'une de nos classes ? me demanda la supérieure.

— Avec joie.

Je me dirigeai vers la porte, souriant à droite, puis à gauche à ces demoiselles toutes vêtues de la même jupe de grosse toile et portant des rubans jaunes, rouges, verts ou bleus, un petit bonnet orné d'un plissé blanc sur la tête. Certaines avaient à peine l'âge de raison[1]. Je caressai d'un doigt la joue d'une fillette dont les yeux et la chevelure évoquaient ma tendre Marie-Louise.

Nous montâmes au premier étage par l'escalier d'honneur et, lorsque nous arrivâmes dans la classe choisie, je fus surprise de constater que les demoiselles, qui quelques minutes auparavant étaient rangées devant le bâtiment, étaient déjà là. Elles avaient dû emprunter un autre chemin.

Elles se tenaient droites et silencieuses devant les tables. Leurs deux maîtresses debout dans une allée.

— Nous voici dans la classe verte. Les demoiselles ont entre onze et quatorze ans. Cette année, elles sont cinquante-deux. Elles approfondissent la

---

1. L'âge dit « de raison » est de sept ans.

lecture et l'écriture qu'elles ont acquises en classe rouge.

— N'est-ce point ce qui me conviendrait ? m'informai-je auprès de Mme de Maintenon.

— Nous solliciterons l'accord de Sa Majesté. Mais il est vrai qu'étudier avec des demoiselles de votre âge, vous divertir avec elles pendant les récréations ne pourra que vous être profitable.

— Ce sera assurément plus plaisant que d'être seule avec un vieux professeur rébarbatif.

Une demoiselle étouffa son rire. Une maîtresse la foudroya du regard. Pour nous distraire de ce déplorable incident, la supérieure reprit :

— La chorale serait heureuse de vous interpréter quelques airs, si vous voulez bien me suivre jusqu'au réfectoire.

En quittant la classe, je jetai un rapide coup d'œil par-dessus mon épaule et je vis que, en silence et dans un ordre parfait, les demoiselles sortaient de la pièce par une autre porte. Je gageai que, cette fois encore, elles seraient dans le réfectoire avant que je n'y arrive.

Effectivement, lorsque je pénétrai dans la vaste pièce aux hautes fenêtres, les choristes attendaient silencieusement.

L'organiste et le maître de chœur vinrent me saluer, puis on nous désigna deux fauteuils placés sur une sorte d'estrade. Le mien était si haut et si vaste qu'il me fallut l'aide de Mme de Maintenon pour m'y asseoir. Cela me gêna horriblement... il me sembla même ouïr quelques rires moqueurs, mais ce n'était sans doute qu'une impression.

Lorsque nous fûmes installées, les voix célestes des demoiselles s'élevèrent. C'était si beau, si émouvant que des larmes perlèrent à mes paupières.

— Je veux apprendre à chanter aussi bien, soufflai-je à Mme de Maintenon lorsque le concert se termina.

— Si vous le souhaitez...

Nous nous levâmes et, encore émue, je dis clair et haut :

— Je vous remercie pour cet agréable moment de musique.

Je vis naître des souris timides sur quelques visages, ce qui me combla de bonheur.

Dès notre retour à Versailles, je courus dans le cabinet de travail du roi et, bousculant le garde qui en barrait l'entrée, je l'obligeai à ouvrir la porte et je m'exclamai :

— Monsieur, je voudrais être élève à la Maison Royale d'éducation de Saint-Cyr pour y avoir des amies de mon âge... et m'instruire.

Le roi congédia les gentilshommes qui étaient avec lui.

— Cette visite vous a donc plu ? me questionna-t-il.

Sans façon, je m'assis sur ses genoux et, jouant avec les boucles de sa perruque, je minaudai :

— Beaucoup. Je veux apprendre à bien chanter, à bien écrire et à bien prier et aussi à jouer avec des demoiselles qui me ressemblent.

— Mais, madame, me rétorqua-t-il d'un ton faussement sévère, est-ce la place de la première dame de France ?

— Oh, monsieur... je ne suis encore qu'une toute petite première dame et je souffre de n'avoir auprès de moi que de vieilles personnes...

— Comment ? vous souffrez donc d'être avec moi ?

— Vous, ce n'est point pareil, je vous aime parce que vous êtes mon grand-père.

Il rit, puis il me serra contre lui et me claqua un baiser sur le front.

Saint-Cyr

CHAPITRE

1

Je me nomme Victoire de Marsanne et je viens d'avoir quatorze ans.

Mon existence se déroulait dans le calme et la prière depuis que j'étais arrivée voici quatre ans dans la Maison Royale d'éducation de Saint-Louis où j'avais rejoint avec un grand bonheur ma sœur aînée, Isabeau.

Las, quelque temps après nos émouvantes retrouvailles, Isabeau avait quitté Saint-Cyr pour devenir gouvernante des enfants de la princesse de Condé, puis, grâce à l'appui de cette dame charitable, elle avait accompli son rêve : enseigner aux enfants pauvres[1] avec les Filles de la Charité[2]. Son départ

1. Lire *Le Rêve d'Isabeau*.
2. Les Filles de la Charité, congrégation religieuse fondée en 1633 par Vincent de Paul.

m'avait déchiré le cœur, mais la sachant heureuse, je m'étais résolue à attendre sagement le moment de pouvoir la rejoindre.

C'est ce que nous avions prévu, car un lien profond nous unissait.

Cependant, je n'avais pas le caractère docile de ma sœur et je devais constamment me surveiller pour respecter les règles strictes de notre maison. Ne pas bavarder avec mes camarades, ne pas rire, ne pas courir dans le jardin...

J'avais cru que le temps m'aiderait à acquérir la sagesse que l'on exigeait de nous, mais c'était le contraire qui se produisait. Plus je grandissais, plus le silence me pesait.

Lorsque Isabeau me visitait une fois par trimestre, je lui cachais mon mal-être pour ne point la chagriner. Elle m'expliquait son travail, me contait les progrès de ses protégées, et l'espoir de pouvoir en accueillir plus grâce à la générosité de la princesse et de Mme de Maintenon.

Notre conversation était toujours à peu près la même.

— Lorsque vous viendrez me rejoindre, nous ferons ensemble de bien bonnes choses pour ces pauvres enfants, m'avait annoncé Isabeau le mois dernier.

— Oh, oui, Isabeau, je vous en prie, faites que je vienne vite...

— Cela ne dépend point de moi. Mme de Maintenon ne veut pas que nous donnions le mauvais exemple aux autres en quittant Saint-Cyr avant l'âge fixé par le roi. Elle souhaite que je reste une exception.

Je m'étais rebellée :

— Beaucoup de vos amies ont quitté Saint-Cyr avant leurs vingt ans, c'est vous-même qui me l'avez dit : Charlotte, Louise, Hortense, Éléonore...

— Justement. Madame veut que cela ne se reproduise plus.

— C'est fort dommage, ne pus-je m'empêcher de répliquer.

— Seriez-vous donc malheureuse dans notre maison ?

— Non point... mais... mais j'aimerais tant vous aider.

— Chère Victoire, je reconnais là votre grand cœur... Vos prières et vos pensées me soutiennent déjà.

Elle avait soupiré et ajouté :

— Parfois le découragement me gagne. Il y a tant de misères que je souffre de ne pouvoir les soulager toutes. Le peuple manque de tout et apprendre à lire à des fillettes qui ne mangent pas à leur faim, qui sont vêtues de guenilles, couvertes de gale est bien dérisoire. Il leur faudrait de la bonne nourriture, des vêtements chauds, des soins, de la tendresse aussi... et quand bien même j'en sauverais trente... il y en a des milliers qui périssent dans l'indifférence...

— Sa Majesté ne peut-elle vous aider ?

— Oh, le roi prie pour son peuple et il octroie chaque année aux Filles de la Charité d'importantes aumônes, mais cela ne suffit pas... il faudrait tout l'or de Versailles pour alléger un peu de misère...

Se rendant compte, soudain, de l'énormité de ce qu'elle venait de dire, elle s'était ravisée vitement et, après avoir jeté un regard inquiet vers la religieuse qui surveillait le parloir, elle avait enchaîné :

— Ah, voilà que je déraisonne... la fatigue sans doute. Mes paroles ont dépassé ma pensée.

Elle s'était levée du ployant où elle était assise et, me serrant un instant trop bref contre elle, elle était sortie du parloir.

Cette conversation me laissa un goût amer.

Je ne savais plus que penser. Devais-je prier pour rejoindre Isabeau au plus vite ? Je n'étais plus certaine que cette existence vouée aux miséreux m'attire. Ma sœur semblait si soucieuse et si fatiguée. Devais-je accepter mon sort et, l'année de mes vingt ans, devenir religieuse ? Une vie de recluse dans un couvent risquait de me rendre folle. Devais-je espérer le mariage avec un vieux noble voulant assurer sa descendance ? J'en frissonnais de dégoût.

Et puis ce 25 novembre 1696 arriva.

Le matin, Mme de Fontaines[1], notre supérieure, profitant de ce que nous étions toutes réunies au réfectoire pour le déjeuner, nous annonça :

---

1. Mme de Fontaines, nouvelle supérieure de Saint-Cyr à partir de 1694.

— Cet après-dîner, nous aurons la visite de Mme de Maintenon et de Mme Marie-Adélaïde de Savoie. Je compte sur vous pour accueillir dignement cette princesse. Vous avez déjà répété plusieurs fois la manière de vous ranger et votre maître de chœur m'a assuré que vous connaissiez vos chants. Faites honneur à notre maison !

Cette visite, qui nous sortait un peu du tran-tran quotidien, me réjouissait et je n'étais point la seule. Pendant la récréation qui suivit, tandis que nous jouions au croquet, nous profitâmes de ce petit moment de liberté pour échanger quelques mots.

— J'ai ouï dire que cette princesse avait juste onze ans ! me souffla Rose-Blanche de Peyrolles[1] en s'approchant de moi, le maillet à la main.

— Onze ans ! Mais n'est-elle pas destinée à épouser le fils de Monseigneur ? s'étonna Gabrielle de Mormand.

— Si. Pour l'heure, ils sont fiancés. Le mariage sera pour plus tard, assura Rosalie de Boulainvilliers, une grande de la classe jaune.

— Quelle chance ! rêva Diane de Courtemanche. Elle est issue d'une famille prestigieuse, elle est riche, jeune, belle, et elle va épouser le petit-fils de Sa Majesté !

1. Lire *Les Comédiennes de Monsieur Racine.*

— Eh, oui... Si nos familles ont servi loyalement notre roi depuis plusieurs décennies, c'est la ruine qui nous empêche d'avoir la vie à laquelle notre nom nous destinait, se lamenta Rosalie.

— Moi aussi, dit Gabrielle, j'aurais pu épouser un duc, un comte, un marquis, si ma dot avait été importante, vivre à la cour, porter de belles robes, de beaux bijoux, m'inonder de parfums, de poudre et...

— Assez de bavardages, mesdemoiselles ! intervint notre maîtresse. Et puisque le maillet ne paraît point vous intéresser, venez lire avec moi quelques textes saints.

Nous obéîmes sans enthousiasme.

Quelques heures plus tard, nous nous mîmes à la rangette[1] comme on nous l'avait appris, par couleur de rubans et par ordre de taille. Et nous attendîmes. Le temps me parut long, soit que nos maîtresses nous aient fait préparer trop tôt, soit que nos visiteuses fussent en retard. Je passais d'un pied sur l'autre, cherchant des formes amusantes dans les nuages, admirant le vol d'un oiseau ou chuchotant quelques mots à Rose-Blanche qui était à mon côté.

Enfin, nous entendîmes le galop des chevaux et les roues d'un carrosse.

— Tenez-vous prêtes ! cria une maîtresse.

1. En rang.

Nous arrangeâmes vitement nos coiffes malmenées par le vent, tapotâmes nos jupes et nous nous figeâmes.

Le carrosse s'arrêta à quelques pas de nous. La porte s'ouvrit et une enfant sauta lestement sur le sol sans prendre appui sur le marchepied. Mme de Maintenon quitta l'habitacle à sa suite avec plus de difficultés. Mme de Fontaines s'avança et s'inclina.

Une maîtresse frappa dans ses mains et, dans un ensemble parfait, nous fîmes notre révérence. La princesse nous gratifia d'un souris.

— Elle est toute petite, souffla Gabrielle en se relevant.

— Mais elle a l'air charmante, ajoutai-je.

Quand elle passa au milieu du rang que nous formions, elle continua à sourire, inclinant la tête vers les unes et les autres comme si elle nous remerciait pour notre accueil. Je reçus son souris en plein visage. Il m'illumina.

Dès qu'elle eut franchi le seuil, nous empruntâmes les autres escaliers pour regagner nos classes le plus vitement possible. Cet exercice avait été plusieurs fois répété. Ainsi, lorsque la princesse pénétra dans notre classe, nous y étions déjà aussi sages et immobiles que les images d'un livre.

Lorsque la princesse parla d'un vieux professeur rébarbatif, j'étouffai tant bien que mal le rire qui me monta à la gorge. La princesse posa sur moi un œil amusé et plutôt bienveillant, mais notre maîtresse me toisa sévèrement. J'aurais probablement une punition.

Dans le réfectoire, nous interprétâmes quelques chants. Ma voix n'était pas vraiment harmonieuse et le maître de chant m'avait recommandé de ne point la pousser afin qu'elle se fonde dans les chœurs, aussi je faisais semblant de chanter, ouvrant ou fermant la bouche sans qu'aucun son en sorte. Cela amusait mes camarades et moi aussi, je l'avoue. Mais ce qui m'amusa le plus fut de voir que la princesse à laquelle nous rendions tant d'honneur était trop petite pour atteindre l'imposant fauteuil que les maîtresses avaient installé sur l'estrade. Là encore, je ne pus retenir mon rire.

Gabrielle me donna un coup de coude dans les côtes pour me rappeler à la raison.

J'aurais dû rougir de honte, trembler en perspective de la punition, il n'en fut rien. Au contraire, je me sentais légère, comme... comme si je recouvrais la joie de vivre que j'avais un peu perdue au fur et à mesure des années passées à Saint-Cyr.

CHAPITRE

2

Ce petit intermède plaisant me fit ressentir plus douloureusement, les jours suivants, la rigueur et la tristesse de mon existence.

Je venais tout soudainement de prendre conscience que la vie, à l'extérieur de cette maison, contrairement à ce que nous affirmaient nos maîtresses, pouvait être agréable. Cette jeune princesse ne correspondait point aux peintures désastreuses que l'on nous faisait des gens de cour. Elle semblait gaie, insouciante, point du tout sucrée...

Dès que notre maison reprit son ronronnement coutumier, l'ennui me saisit. La prière, le travail, le silence, la discipline me pesèrent.

Le soir, dans le dortoir, après que les chandelles eurent été soufflées, je me glissai dans le lit de Gabrielle où était déjà Rose-Blanche.

— Pensez-vous qu'elle reviendra ? chuchotai-je.

— Qui ? me répondit Rose-Blanche.

— La princesse ! lança Gabrielle. N'avez-vous point vu que depuis son départ notre Victoire est triste comme... comme un jour de défaite !

Rose-Blanche pouffa de rire. Mais cette plaisanterie ne m'affectait plus. On me l'avait servie souventes fois.

— Je gage que votre sœur Isabeau, qui voue son existence à enseigner aux fillettes pauvres, serait fâchée de vous voir bayer d'admiration devant une dame de la noblesse, me reprocha Rose-Blanche.

Elle disait vrai et cette pique me toucha.

— Je ne l'admire point, répliquai-je, vexée. Je trouve simplement agréable de rencontrer une jeune et aimable princesse.

— Oh, les grands viennent nous visiter uniquement dans le but de plaire à Mme de Maintenon, fière de montrer son œuvre ! Mais une visite par an leur suffit. Souvenez-vous de celle de la toute jeune princesse de Condé[1], l'année de son mariage avec M. le duc du Maine... Nous lui avions récité de beaux compliments, nous avions chanté en son

1. Louise Bénédicte de Bourbon, princesse de Condé (1676-1753), épouse en mars 1692 Louis-Auguste, duc du Maine, fils de Mme de Montespan et de Louis XIV.

honneur... et puis, pfoutt ! Elle s'est envolée et on ne l'a plus jamais revue !

Je m'en souvenais. J'étais à Saint-Cyr depuis un peu plus d'un an. Sa robe, brodée d'or et d'argent, son encolure ornée de dentelle, sa coiffure où s'entremêlaient les perles et les rubans m'avaient fort impressionnée... Je l'avais admirée, mais point enviée. Je venais de quitter la misère et je vouais une reconnaissance éperdue à l'institution qui m'instruisait, me protégeait, me nourrissait.

Mais je n'avais plus onze ans... et je me surprenais parfois à rêver de belles robes, de bijoux, de parfums, de fêtes, de bals... Je me reprochais ensuite ces songes loin de la simplicité que l'on nous inculquait à Saint-Cyr. Pour me punir, je récitais avec plus d'ardeur mes prières et je me portais volontaire pour les plus viles tâches... mais toujours ces agréables visions revenaient me hanter.

Si encore, le théâtre n'avait point été supprimé de notre éducation ! J'aurais pu, en incarnant divers personnages d'*Esther* ou d'*Athalie* avoir l'impression de m'évader de Saint-Cyr. Las, notre maison avait, à présent, la rigueur d'un couvent. Je ne m'en étais pas trop plainte... mais la venue de cette pétulante princesse avait soufflé sur nous un vent de légèreté, d'insouciance, de joie qui, dès son départ, me manqua grandement.

— Te voilà bien songeuse, ma chère Victoire ! me tança Rose-Blanche.

— Je la comprends... soupira Gabrielle. Parfois, je me dis que la vie est injuste. Ma famille, comme les vôtres, je suppose, a dû, afin que je sois acceptée à Saint-Cyr, prouver que nos titres de noblesse remontaient à plus de cent quarante ans. Son seul tort est de s'être ruinée en servant son roi avec trop de zèle... Mais nous aussi, nous aurions pu prétendre à épouser un duc, un marquis et même un prince.

— Oui, c'est ce que je pense, répondis-je.

— Hé ! cessez donc de broyer du noir ! Nous épouserons un vieux marquis bien riche qui mourra dans l'année, ce qui nous permettra d'avoir de l'argent et nos entrées à la cour !

— Oh, Rose-Blanche, n'avez-vous point honte ?

— De dire tout haut ce que nous espérons toutes au fond de nous ?

— Je n'espère rien de tel, me défendis-je. Dès que j'aurai vingt ans, j'irai rejoindre Isabeau et, avec la dot offerte par Sa Majesté, nous agrandirons l'orphelinat.

— Chacun sa destinée, professa Gabrielle. Demeurer pauvre ma vie durant est ma hantise et je ferai tout ce qui est en mon pouvoir pour recouvrer le rang qui m'est dû.

— C'est-à-dire pas grand-chose, renchérit Rose-Blanche. Madame décide et nous n'avons pas d'autre choix que d'obéir.

— Vous n'êtes vraiment pas drôles ce soir, grogna Gabrielle. Regagnez donc votre couche et laissez-moi mes illusions. Elles m'aident à supporter Saint-Cyr.

Notre vie monotone avait donc repris dès le lendemain de la visite de la princesse.

Les gestes que j'accomplissais sans y prêter attention me pesèrent : revêtir nos jupons et notre jupe de toile brune du Mans, coiffer nos cheveux sans afféterie, fixer notre petit bonnet de lin, aller au réfectoire en silence, étouffer nos rires pour ne pas être réprimandées, lire et relire des passages de l'Évangile, broder le même motif sur une nappe d'autel, prier, chanter le même cantique...

Je n'étais plus certaine de vouloir encore de cette existence... j'avais l'impression étrange de manquer d'air, de manquer d'espace...

Pourtant, là était mon destin et je suppliais Dieu de m'aider à me soumettre.

Quelques jours plus tard, Mme de Fontaines entra dans notre classe alors que nous nous appliquions à recopier dans nos cahiers un passage des *Entretiens, conversations, dialogues et proverbes* écrit par Mme de Maintenon à notre intention. Nous nous levâmes en silence. Que venait-elle nous annoncer ? Il fallait que l'événement soit d'importance pour que la supérieure de notre maison se déplace personnellement. Aussi, nous nous lançâmes quelques coups d'œil inquiets. L'une d'entre nous allait-elle nous quitter, rappelée par sa famille ? Un vieux gentilhomme, influent à la cour, avait-il décidé d'épouser une demoiselle de notre classe ? Une épidémie d'amygdalite aiguë, comme celle qui avait emporté plusieurs de nos compagnes voici deux hivers, venait-elle de se déclarer ?

— Elle n'a point sa tête des mauvais jours, me souffla Gabrielle.

Fort heureusement, notre maîtresse ne l'entendit point, car elle s'entretenait à voix basse avec Mme de Fontaines.

— Vous avez raison, lui répondis-je entre mes dents.

Alors ? Quelle bonne nouvelle nécessitait le déplacement de notre supérieure ? Venait-elle nous prévenir que le roi, de retour de la chasse, ferait une halte à Saint-Cyr ? Nous annoncerait-elle que les représentations d'*Esther* ou d'*Athalie* allaient reprendre ? À dire vrai, j'étais à court d'idées. Les informations susceptibles de nous réjouir étaient rares.

Notre attente ne fut point longue. Mme de Fontaines se tourna bientôt vers nous et nous dit :

— Nous allons recevoir une nouvelle demoiselle à Saint-Cyr. Elle a pour nom Marie de Lastic[1]. Elle sera

---

1. Afin de conserver son anonymat, Marie-Adélaïde de Savoie portait effectivement ce nom lorsqu'elle allait à Saint-Cyr.

dans votre classe. Je vous demande de lui réserver un bon accueil.

Elle fit une pause, sembla hésiter et reprit :

— Cependant, par dérogation spéciale de Sa Majesté, Mlle de Lastic n'assistera aux leçons que deux ou trois jours par semaine et ne dormira point à Saint-Cyr. Mme de Maintenon insiste tout particulièrement pour que vous la considériez comme l'une des vôtres.

La supérieure promena son regard d'aigle sur nous, comme si elle cherchait à détecter celles d'entre nous qui refuseraient d'appliquer la consigne.

— Je compte sur vous, mesdemoiselles, lâcha-t-elle.

Puis, sans un mot de plus, elle quitta la pièce.

Cette annonce me tira de la torpeur qui m'engourdissait. Pourtant, je dus, comme mes compagnes, aussi intriguées que moi, patienter jusqu'à la récréation. Mais le sens du texte dont je poursuivis la copie sous l'œil sévère de notre maîtresse m'échappa totalement. Mon esprit vagabondait tandis que ma main traçait les lettres.

— Marsanne, appliquez-vous... les mots que vous écrivez sont illisibles.

— C'est que... la venue d'une nouvelle compagne m'émeut fort.

— Il ne le faut point. Mlle de Lastic est comme vous et...

— Point tout à fait, coupa Gabrielle, puisqu'elle pourra sortir à sa guise.

— Mormand, le sujet est clos ! Obéissez, c'est tout ce que l'on vous demande.

Gabrielle pinça les lèvres et, sachant qu'elle ne pourrait obtenir aucun renseignement, elle fit semblant de s'absorber dans son travail. Mais dès que notre maîtresse eut le dos tourné, elle s'arrêta et m'indiqua par gestes que nous discuterions de tout cela à la récréation.

Nous ne le pûmes.

Lorsque la cloche sonna et que nous nous dirigeâmes vers le jardin, notre maîtresse nous partagea en trois groupes, ayant soin de ne point mettre ensemble celles d'entre nous qui étaient amies, et ordonna :

— Le premier groupe s'adonnera au jeu de mail, le deuxième jouera à cligne-musette et le troisième jouera à chat. Il faut bouger pour ne point avoir froid.

— Ce soir dans mon lit, réussit à me glisser Gabrielle.

La journée me parut interminable.

Enfin, nous rejoignîmes le dortoir. Après que nous eûmes revêtu notre chemise, attaché nos cheveux et récité en chœur notre prière, notre maîtresse nous intima l'ordre d'éteindre nos bougies, puis elle regagna sa couche située à une extrémité du dortoir et en tira les rideaux. Nous attendîmes de longues minutes pour être certaines qu'elle se soit endormie, puis Rose-Blanche et moi, nous nous faufilâmes dans le lit de Gabrielle.

— Je ne supporterai pas que cette Lastic ait un traitement de faveur ! grogna-t-elle dès que nous fûmes à ses côtés.

— Je la déteste déjà, assura Rose-Blanche.

— Et Madame qui veut que nous la considérions comme l'une des nôtres ! Mais pour cela, il faudrait qu'elle soit au même régime que nous, et ce n'est pas le cas ! Parce que moi pour dormir ailleurs que dans ce dortoir et pour n'avoir que trois jours de leçons par semaine, je me damnerais !

— Oh, Gabrielle, comment pouvez-vous... grondai-je.

Elle leva la main comme pour chasser ma réflexion et reprit :

— À mon avis, c'est la fille d'un ministre de Sa Majesté, ou peut-être d'un duc, ou d'un marquis, enfin d'une famille très influente...

— Dans ce cas, que vient-elle faire au milieu de nous, demoiselles pauvres... Pourquoi n'a-t-elle pas des gouvernantes, des professeurs à son service ?

— Ou alors, Sa Majesté la met à Saint-Cyr pour la cacher d'un terrible ennemi... Peut-être le roi d'un pays lointain, qui n'est pas même catholique, veut-il l'épouser ? dit Rose-Blanche.

— Tu as trop d'imagination, ma chère...

Nous bavardâmes longtemps, mais, à court d'arguments, nous finîmes par nous séparer.

J'eus du mal à trouver le sommeil. Je partageais le mal-être de mes compagnes. Il me semblait incroyable que Madame ait accepté qu'une telle différence de traitement soit appliquée à cette nouvelle venue. Nous avions toutes la même tenue, la même coiffure, nous vivions la même existence afin d'être toutes sur un pied d'égalité... et voilà que cette Lastic allait chambouler un ordre si rigoureux !

CHAPITRE

3

Le lendemain matin, la classe avait déjà commencé depuis dix minutes par la lecture de la vie de sainte Lucie, lorsque notre supérieure entra. Déranger la classe après le début des leçons était tout à fait incongru. Là encore, il fallait que l'événement soit d'importance et tous nos regards se braquèrent vers la porte. Derrière Mme de Fontaines, se tenait une demoiselle de notre âge qui ne portait point la tenue de Saint-Cyr mais une robe de soie bleue brodée de fil d'argent, ses boucles châtain clair étaient retenues par des rubans et des poinçons d'argent.

Il ne s'agissait point de la nouvelle annoncée par notre supérieure mais de Marie-Adélaïde de Savoie. La princesse venait-elle nous visiter une fois encore ? Allait-elle assister à une leçon pour se divertir ?

Mme de Fontaines promena son regard sur la classe et commença :

— Mlle de Lastic nous fait le grand honneur de...

Mlle de Lastic ? Que nenni ! Il s'agissait bien de la princesse. Nous prenait-on pour des sottes ? Je vis que Gabrielle et Rose-Blanche partageaient mon étonnement.

Notre supérieure me parut fort embarrassée. Elle devait hésiter entre l'étiquette à respecter et la simplicité imposée par notre maison. Peut-être aussi que ce mensonge lui coûtait. Elle poursuivit en bredouillant un peu :

— ... de... de bien vouloir être une élève... une élève de notre maison...

C'était la première fois que je voyais Mme de Fontaines dans cet état de nervosité.

Elle se dirigea vers notre maîtresse, échangea trois mots avec elle et sortit de la pièce.

Mme de Glapion s'adressa alors à la nouvelle venue, avec autant d'embarras que Mme de Fontaines :

— Si vous voulez bien, madame, avoir l'obligeance de vous asseoir à la place qui vous convient, je...

La princesse eut ce souris qui m'avait déjà si fort émue quelques jours plus tôt et s'exclama d'une voix gaie :

— Oh, madame, fi de l'étiquette. Ici, je suis une demoiselle comme les autres et mon nom est Marie de Lastic.

— Je... je vais essayer de m'en souvenir, bredouilla à son tour notre maîtresse.

Avisant la place laissée libre à ma table par Euphémie de Brunet qu'un refroidissement avait conduite à l'infirmerie pour quelques jours, la princesse s'y installa. Je me poussai un peu, sa vaste jupe de soie s'évasa en corolle sur le banc. Un effluve de parfum m'enveloppa. Je n'avais jamais rien senti de si agréable. Je réalisai alors que j'étais assise à côté d'une demoiselle de sang royal... et c'était si inattendu, si incroyable que mon cœur s'emballa dans ma poitrine.

— Voyons, Marsanne, me gronda Mme de Glapion, puisque vous êtes chef de bande, c'est à vous de remettre à mada... à... à votre camarade un cahier neuf et une plume.

Prise en faute, je rougis et je me levai afin de prendre ces fournitures dans l'armoire située au fond de la classe. Je les déposai ensuite devant la princesse sans lever les yeux sur elle.

— Je vous remercie, susurra-t-elle.

Mme de Glapion toussota encore et ajouta :

— Reprenons. Nous lisions la vie de sainte Lucie et...

— Oh, je la connais fort bien, coupa Marie-Adélaïde.

Son intervention était tout à fait inconvenante. Jamais nous ne nous serions permis de couper la parole à une maîtresse. Cette princesse se conduisait comme une enfant gâtée et ignorait les règles de notre maison. Avec les demoiselles de ma bande, nous échangeâmes des regards étonnés.

Après un court silence pendant lequel Mme de Glapion chercha sans doute l'attitude à adopter, elle dit sans marquer sa surprise ou son mécontentement :

— Alors, je vous la laisse conter.

— Lucie vivait à Syracuse avec sa mère Eutychie. Elle avait depuis l'enfance fait secrètement le vœu d'une virginité perpétuelle...

Sa voix n'était point monotone comme celle de notre maîtresse et, bien que je connusse la vie de cette sainte pour l'avoir ouie moult fois depuis mon arrivée à Saint-Cyr, il me parut que je l'entendais pour la première fois. Marie-Adélaïde avait l'art de tenir son auditoire en haleine et de rendre vivantes les scènes qu'elle décrivait. Elle termina dans un silence impressionnant tant nous étions suspendues à ses lèvres. Je me retins d'applaudir et je gage que plusieurs d'entre nous auraient ainsi manifesté leur contentement si nous l'avions osé.

— Bien, lâcha notre maîtresse. À présent, ouvrez votre cahier, je vais vous en dicter un passage.

Le visage de Marie-Adélaïde se ferma. Cette dictée ne semblait point l'enthousiasmer. C'était un exercice dans lequel je n'étais point mauvaise et je lui adressai un souris d'encouragement.

Mme de Glapion lut le texte lentement. J'écrivais le mieux possible, essayant de bien former mes lettres, égouttant ma plume au rebord de l'encrier pour éviter de tacher la page. J'espérais les félicitations de notre maîtresse afin de briller aux yeux de ma princesse et peut-être d'attirer un peu son attention sur moi. À un moment, mon regard glissa sur son cahier et ce que je vis me sidéra. Les lettres dansaient en tous sens, ce qui rendait les mots totalement illisibles.

Sans doute usait-elle de cette farce pour ne point nous infliger la supériorité de son éducation. C'était le choix d'une grande âme et cela me la rendit encore plus aimable.

Lorsque la cloche annonçant la récréation retentit, Marie-Adélaïde s'exclama :

— Enfin ! Deux heures sans bouger est une véritable torture ! J'ai hâte de jouer dans le parc !

Habituées à garder le silence et à ne point étaler nos sentiments, certaines de mes camarades lui lancèrent des regards peu amènes. Je lui pardonnais. Sa gaieté me comblait.

Notre maîtresse pinça les lèvres sans se permettre aucune réflexion.

Marie-Adélaïde se mit à la rangette avec moi, mais je sentis bien qu'il lui coûtait de marcher à pas comptés et dans le silence que réclama notre maîtresse uniquement pour elle. Pour notre part, nous y étions tellement habituées que l'exiger était inutile.

Dès que nous fûmes sorties du bâtiment, Marie-Adélaïde s'élança dans la cour comme un oiseau à qui l'on ouvre la cage.

— À quoi joue-t-on ? interrogea-t-elle en tournoyant.

Peu habituée à cette vivacité, Mme de Glapion proposa :

— Voulez-vous jouer aux quilles ?

— Non. J'ai envie de courir. Et si nous faisions une partie de cligne-musette ?

Et avant que notre maîtresse ne réponde, elle enchaîna :

— Je ferme les yeux et je compte jusqu'à cinquante, et vous autres, allez vite vous cacher !

Aucune maîtresse n'osa s'interposer. Nous lui obéîmes donc. Je courus en direction du jardin de simples où je savais qu'un vieil if aux branches pendantes ferait une parfaite cachette. Je m'accroupis sous sa ramure.

J'attendis longtemps. J'entendais les cris de déception de celles qui étaient découvertes et les cris de joie de Marie-Adélaïde.

— Hou ! Victoire ! criait-elle, où êtes-vous ? Je ne vous trouve point !

J'hésitais. Devais-je bouger, éternuer, l'appeler pour qu'elle ait le plaisir de me découvrir ? Ou devais-je garder le silence pour ne pas être traitée de tricheuse ?

J'éternuai.

— Ah ! vous voilà enfin ! s'exclama-t-elle, heureuse. Vous étiez bien cachée !

— C'est que je connais le parc mieux que ma poche... et vous pas encore.

— Vous me le ferez découvrir ?

— Avec joie.

— Et... et aussi, il faudra que vous m'appreniez à mieux écrire. Vous l'avez vu, n'est-ce pas, que je formais mal mes lettres... c'est que je n'ai, jusqu'à ce jour d'hui, pas été très attentive à l'étude. Je préfère le jeu.

Afin qu'elle ne se sente pas en faute, j'assurai :

— Je le préfère aussi.

Elle me remercia d'un souris étincelant.

— Ma tante veut pourtant que je m'instruise. Elle assure qu'une dame de qualité doit savoir écrire correctement, compter aussi, jouer d'un instrument, chanter juste et tenir une conversation... je crains de ne pas réussir à exécuter la moitié de ce beau programme.

— Je vous y aiderai.

Elle piqua un baiser vif sur ma joue et ajouta :

— Je vous choisis comme amie, le voulez-vous bien ?

Cette demande était si inattendue et comblait si parfaitement mes vœux que je demeurai un instant sans voix. Recouvrant vitement mes esprits, je répondis :

— Avec joie, madame.

— Non, pas madame, appelez-moi Marie-Adélaïde... pour les autres seulement, je serai Marie de Lastic.

En revenant vers le groupe, j'avais l'impression que le soleil de novembre était plus chaud et le ciel plus bleu qu'une heure auparavant.

CHAPITRE

4

Le lendemain matin, une seule pensée m'obsédait : allait-elle revenir ce jour d'hui ? Aussi, en coiffant Gabrielle, je lui tirai bien involontairement les cheveux.

— Aïe ! cria-t-elle un peu trop fort pour me ramener à la réalité.

— Pardonnez-moi... je suis maladroite et...

— Ma parole, on dirait que cette demoiselle vous a mis le cœur à l'envers !

— Chut, je vous en prie... soyez discrète... souvenez-vous du sort que l'on a réservé à Gertrude et à Anne[1] il y a quelques années de cela...

— Oui, votre sœur nous a conté l'histoire de ces deux amies...

1. Lire *Gertrude et le Nouveau Monde.*

— Certes, cela n'a rien à voir avec ma situation présente et Mlle de Lastic souhaite juste mon aide pour mieux s'intégrer à notre maison. Il serait d'ailleurs tout à fait présomptueux d'affirmer que... que cette princesse me témoigne de l'amitié.

— Allons, ne vous défendez point ainsi, intervint Rose-Blanche en enfilant ses bas de soie blanche, nous nous sommes bien aperçues que sa préférence allait vers vous.

— Je... je ne l'ai point cherchée...

— Peut-être pas... n'empêche que cela vous comble de bonheur.

— Mesdemoiselles ! gronda Mme de Glapion en s'approchant de notre groupe. Cessez de bavarder, ou vous serez punies ! Mormand, attachez votre coiffe ! Quant à vous, Marsanne, vous êtes encore tout échevelée. Tenez-vous donc à perdre votre titre de chef de bande ?

— Non point, madame, veuillez m'excuser. Je serai prête dans deux minutes d'horloge.

Bientôt, nous nous rendîmes dans notre classe. J'espérais que Marie-Adélaïde y serait, bien que je me doutasse qu'à cette heure matinale elle devait encore être dans son lit à Versailles.

À Saint-Cyr, en ce mois de novembre 1696, le froid et l'humidité nous faisaient frissonner. Mme de Maintenon ne souhaitant point nous élever dans un trop grand confort, le poêle dans les dortoirs et dans les classes n'était allumé que lorsqu'il gelait à pierre fendre. Au début de mon arrivée à Saint-Cyr, la douceur du climat de ma Provence m'avait manqué, mais j'avais fini par m'habituer aux rigueurs de la région.

Sur le seuil de la porte, je vis que ma princesse n'était point dans la classe et son absence me pesa. J'écoutai sans vraiment l'entendre la leçon de morale et la vie du saint du jour.

Après une demi-heure d'étude, nous allâmes au réfectoire. Y serait-elle ?

Là encore, j'en doutais. Une demoiselle de sa condition n'avait pas à partager notre repas matinal.

Mes compagnes se réchauffèrent en dégustant des croûtons au pot[1]. Prise par mes pensées, je les laissai refroidir dans mon bol.

Marie-Adélaïde ne viendrait peut-être plus à Saint-Cyr. Elle avait trouvé l'enseignement trop rigoureux, la classe trop lugubre, la récréation pas assez longue, nos tenues trop tristes, le règlement trop strict... Et elle avait certainement à la cour des amies plus en rapport avec sa condition, mieux vêtues que moi, plus spirituelles et surtout plus libres.

— Vous ne mangez point ? me souffla Gabrielle.

— Je n'ai pas faim.

— M'offrez-vous votre repas ?

_____

1. Croûtes de pain trempées dans du bouillon gras.

Nous échangeâmes discrètement nos bols.

Après nous être rincé la bouche, nous nous dirigeâmes en procession vers la chapelle.

— Marsanne, me gronda notre maîtresse, ne traînez point les pieds ainsi !

Je m'appliquai donc à lever les pieds, mais comme ils pesaient aussi lourd que mon cœur, cette action m'épuisa.

En arrivant au bout du vestibule conduisant à la chapelle, je la vis. Mon visage crispé se détendit, je me sentis soudainement légère. Elle avait revêtu le costume de notre maison. Sa jupe et son bustier portaient des rubans verts, couleur de notre classe. Elle ne ressemblait plus du tout à une princesse et cela me désola un peu. Elle était si jolie avec les afféteries de son rang ! Cependant, elle me sembla plus proche de nous et je m'attendais presque à ce qu'elle me saute au col en babillant, mais elle se tint coite, la tête baissée, dans la posture même de l'humilité.

Comme j'étais la dernière et que, en l'absence d'Euphémie, personne ne s'était rangé à mon côté, elle m'emboîta naturellement le pas et pénétra avec nous dans le sanctuaire.

J'avais espéré un petit geste de sa part, un souris, un clin d'œil. Elle avança aussi raide qu'une none.

Mon esprit en déroute m'envoya mille messages de détresse. Avait-elle été si fortement réprimandée sur sa conduite du premier jour qu'elle avait promis de se comporter comme une sainte ? Regrettait-elle de m'avoir proposé son amitié ? Lui avait-on conseillé de se tenir à distance des demoiselles de la maison ?

Oh, après avoir tant espéré la joie de la revoir, voilà que l'inquiétude me rongeait !

Je lui coulais de temps en temps un regard anxieux, espérant croiser le sien. Elle garda les yeux baissés sur ses mains jointes, le visage empreint de piété. Aussitôt, afin de lui plaire, je me composais le même visage. Les chants ne parvinrent point à modifier son attitude. La tristesse me courbait les épaules tant j'étais persuadée d'avoir perdu son amitié.

La messe fut interminable.

À la fin de l'office, nous remontâmes dans notre classe en silence.

Marie-Adélaïde ne pipa mot et marcha d'un pas égal comme nous toutes. À un moment pourtant, elle sautilla sur une marche, comme par inadvertance, prête à gravir les degrés tel un cabri, puis se ravisant, elle continua l'ascension normalement. Un souris détendit une seconde ses traits qui recouvrèrent vitement leur impassibilité.

Cette heure-là était consacrée à des travaux d'aiguille. Je n'y excellais point et, afin de ne pas gâter le travail de mes compagnes, notre maîtresse me confiait le soin d'ourler les bordures ou de combler les fonds des tapisseries avec un fil d'une couleur unique. Je souffrais d'être aussi maladroite à tenir une aiguille et je m'appliquais le mieux possible pour progresser.

Comme nous étions sur la même étoffe, je vis vitement que Marie-Adélaïde n'était guère à l'aise une aiguille à la main. Elle tirait la langue, embrouillait son fil et ses points n'étaient pas plus réguliers que les miens.

Notre maîtresse s'en aperçut aussi. Mais comment dire à cette princesse, devant toute la classe, qu'elle brodait mal ?

Elle trouva un prétexte pour abréger la séance de couture :

— Vos doigts sont engourdis par le froid, je vous propose d'interpréter pour Mlle de Lastic l'une des conversations écrites par notre bien-aimée fondatrice[1].

Elle saisit un petit livre, le feuilleta et reprit :

— Écoutez bien, mada... mademoiselle, ces textes moralisateurs sont fort enrichissants. Je vous suggère de les apprendre à votre tour, afin d'avoir le plaisir de les réciter une prochaine fois.

— Je n'y manquerai pas, madame.

Mme de Glapion inclina la tête, satisfaite de la réponse de son élève, et ajouta à notre intention :

1. *Les Loisirs de Madame de Maintenon,* aussi intitulé *Les 36 Conversations de Madame de Maintenon.*

— Vous allez interpréter la conversation numéro cinq sur le danger des mauvaises compagnies. Je désigne donc les huit demoiselles nécessaires pour les dialogues. Voyons... Peyrolles, Des Rosiers, Charpin, Mormand, d'Azincourt, Waroquier, Belcastel et... Elle hésita. N'allait-elle point m'accorder un rôle alors que j'étais chef de bande ?

— Marsanne ! lâcha-t-elle enfin.

Nous nous approchâmes de l'estrade et Mme de Glapion nous distribua les rôles. Celui de Sophie me revint. Il ne comportait que deux répliques et j'en fus cruellement affectée. Je le cachai de mon mieux. Pourtant, j'aurais voulu briller devant Marie-Adélaïde. Notre maîtresse qui l'avait sans doute compris me rappelait ainsi à plus de modestie. Je ruminai ma déception tandis que mes compagnes commençaient à réciter. J'essayai cependant d'être attentive afin de ne pas manquer ma réplique :

— « J'ai pourtant toujours ouï dire que les personnes coquettes sont médisantes. »

Aussitôt l'avais-je prononcée que je craignis que la princesse, prenant pour elle cette maxime, ne se fâche. Pourquoi m'avait-on choisie, moi, pour que je la prononce ?

Fébrile, j'écoutais d'une oreille distraite la récitation des autres, observant Marie-Adélaïde qui semblait beaucoup se divertir. Lorsque Peyrolles qui jouait Hortense, le rôle le plus important, prononça :

— « On passerait bien mal son temps, si, par le soin de notre réputation, il fallait renoncer à toutes les personnes agréables et divertissantes. »

J'avais les yeux fixés sur la princesse et c'est le coup de coude de Charpin qui me tira de ma rêverie. Avec un temps de retard, j'enchaînai avec soulagement :

— « Et pourquoi voulez-vous, mademoiselle, que les personnes sages, vertueuses et même pieuses, ne soient pas divertissantes ? »

Le dialogue se poursuivit. Tout le monde connaissait le texte par cœur et s'amusa à y mettre le ton.

Enfin, Waroquier, qui avait le rôle de Dorothée, récita la conclusion de cette conversation :

— « Il faudrait que Dieu fît un miracle pour conserver l'innocence d'une jeune personne qui verrait incessamment de mauvais exemples ; et comme il ne faut jamais le tenter, souvenons-nous toute notre vie de nous attacher à des personnes de vertu. »

La princesse, conquise, applaudit comme si elle avait assisté à une représentation au théâtre. Ce n'était point l'usage dans notre maison, mais sans un regard pour Mme de Glapion qui avait froncé les sourcils, Marie-Adélaïde s'exclama :

— Vous étiez parfaites... et quel beau texte vraiment ! Je veux, moi aussi, apprendre toutes les conversations de ma tante pour pouvoir les jouer devant le roi, Monseigneur, le duc de Bourgogne... et tous les gens qui me sont chers.

Mme de Glapion toussota. Voilà que Mlle de Lastic nous rappelait, sans le vouloir, qu'elle était princesse et qu'elle côtoyait tous les jours Sa Majesté et les princes. Mlle de Lastic rougit et se troubla :

— Oh, pardonnez-moi... je voulais ce jour d'hui me conduire comme une parfaite demoiselle de votre maison... et je viens de faillir.

— Il est fort difficile, madame, pour nous, comme pour vous, de faire abstraction de votre naissance, mais vos efforts sont louables et nous vous en félicitons.

Mlle de Lastic soupira.

— Oh, oui, c'est bien difficile... Être sage et muette n'est pas dans ma nature, mais je m'efforce de la contraindre pour plaire à ma tante... et à vous aussi, madame.

Qu'elle était donc charmante !

CHAPITRE

5

Lorsque la cloche annonça l'heure du repas, je m'attendais à ce que Marie-Adélaïde regagne Versailles. Qu'elle partageât notre repas me paraissait tout à fait incongru. Mais, contre toute attente, elle se rangea à mon côté et nous nous dirigeâmes en silence vers le réfectoire.

— Ma tante souhaite que je devienne aussi sage que vous, me glissa-t-elle à l'oreille.

Je lui souris. Pourtant, elle prononça cette phrase sur un petit ton de moquerie qui me blessa.

En pénétrant dans le réfectoire, nous prîmes, dans les deux armoires placées de chaque côté de la porte, nos couverts et notre gobelet d'argent gravés à nos initiales et que nous avions rangés au matin en sortant.

Une sœur converse indiqua à Marie-Adélaïde l'emplacement des siens et lui recommanda :

— Veuillez les ranger au même endroit en quittant la pièce afin de les retrouver commodément.

Je vis que ses couverts et son gobelet étaient aussi sobrement gravés que les nôtres.

— Ma tante a dû les déposer ce matin, me chuchota-t-elle. Ainsi, je suis une vraie demoiselle de Saint-Cyr.

Elle se mit, avec moi, devant la table des vertes, recouverte d'une nappe blanche. Dans les tiroirs, nous prîmes nos serviettes. La sœur converse responsable de notre table tendit une serviette blanche à ma voisine. Lorsque tout le monde fut en place (les deux cent cinquante demoiselles réparties autour des tables de leur classe, les dames sur l'estrade qui leur était dévolue), un claquement de mains donna le signal pour réciter le bénédicité. Puis une demoiselle de la classe bleue vint demander la bénédiction de notre supérieure, après quoi, elle s'installa devant le pupitre pour lire un texte saint.

Le potage nous réchauffa, car notre table était loin du poêle en fonte. Certaines, comme elles l'avaient vu faire par leurs pères ou leurs grands-pères, y coupèrent du pain que nous avions à notre disposition sur chaque table dans des corbeilles d'osier. Le ragoût de mouton, que la cuisinière nous distribua dans nos écuelles en étain, fut savoureux. Une portion de gruyère et une belle pomme terminèrent ce repas. Marie-Adélaïde dévora tout avec appétit.

Elle me fit quelques signes, pas vraiment discrets, pour me dire qu'elle se régalait, ce qui m'étonna, car je supposais que la nourriture à Versailles était bien meilleure.

La dernière bouchée avalée, nous nous levâmes et nous rendîmes grâce à Dieu pour ce repas, puis ce fut la récréation. Las, comme une pluie fine et glaciale s'était mise à tomber, nous restâmes à l'intérieur. Selon l'habitude, nos maîtresses nous répartirent dans le vaste vestibule des dortoirs.

— C'est ici que ma sœur et ses amies ont joué *Esther* devant Sa Majesté et la cour, annonçai-je à ma compagne.

— Moi aussi, j'ai une sœur. Elle se nomme Marie-Louise et elle me manque beaucoup. Il y a quelques mois seulement, nous jouions ensemble à Turin... et je vous assure que courir sous la pluie ne nous effrayait point !

— Cela ne me dérange point non plus... mais nous devons obéir.

Marie-Adélaïde hocha la tête et poursuivit :

— Il me plairait beaucoup d'interpréter un rôle dans une pièce.

— On ne joue plus de théâtre à Saint-Cyr. M. Godet des Marais prétend que c'est nuisible à notre éducation et que cela nous rend vaniteuses. Parfois, les bleues, qui participèrent à *Esther* ou *Athalie* du temps qu'elles étaient dans la classe jaune, nous content le bonheur qu'elles ont eu à jouer pour Sa Majesté... et cela me fait rêver.

— Je n'ai point encore assisté à une pièce de théâtre. J'espère que le roi en fera représenter une bientôt. Il paraît que celles de Molière sont fort drôles... et j'aime beaucoup rire.

— Je ne les connais point et je le regrette... rire n'est pas une habitude de notre maison.

— Quel dommage !

Je partageais son avis. Une récréation où l'on ne peut point se dégourdir les jambes et rire des farces des unes et des autres n'est pas vraiment une récréation.

Nous nous apprêtions à deviser sur un sujet imposé par notre maîtresse, lorsque Mme de Maintenon apparut à l'extrémité du vestibule.

Marie-Adélaïde se précipita vers elle pour lui baiser la main, nous lui fîmes une petite révérence pour lui souhaiter la bienvenue. Deux d'entre nous coururent lui quérir un fauteuil. Elle s'y assit et, malgré la froideur de la pierre, nous nous assîmes en cercle à ses pieds. C'était un moment privilégié et nous le savions. Ce n'était point le premier. Madame aimait partager quelques récréations avec nous, le plus souvent lorsque, durant les belles journées d'été, nous pouvions nous installer sous les ormes de la cour Verte pour l'écouter.

Elle aborda le thème de la charité d'une voix douce et ferme à la fois. Elle ne nous retint pas plus de vingt minutes. Après quoi, elle se leva et nous annonça d'un ton enjoué :

— À présent, pour éviter que le froid ne vous engourdisse, je vous conseille de jouer à cache-cache-mitoulas. Sa Majesté appréciait beaucoup ce jeu lorsqu'elle était enfant.

Nous ne nous fîmes point prier et nous passâmes une heure fort agréable ponctuée de rires, de bousculades, de chatouilles. Marie-Adélaïde était la plus acharnée d'entre nous !

La fin de la récréation arriva bien trop vite !

Notre maîtresse nous dirigea vers la salle de musique. M. Nivers nous y attendait pour répéter avec nous quelques cantiques. Nous devions toujours en savoir plusieurs par cœur afin que, lorsqu'il prenait l'envie à Sa Majesté d'assister à l'office en la chapelle de Saint-Cyr, nous puissions la ravir par nos voix cristallines.

— Je n'entends rien à la musique, me souffla Marie-Adélaïde, et je ne chante pas juste... Je n'ai point encore osé l'avouer à ma tante... parce qu'une demoiselle de qualité doit savoir chanter en s'accompagnant au clavecin...

Ma voix n'était pas mélodieuse, mais je savais lire une partition, aussi je lui promis mon aide.

Elle fit la moue et ajouta :

— Oh, je crois être un cas désespéré... je ne connais point les notes et... je n'ai guère envie de les connaître. Déjà demeurer assise pour écouter les violons m'ennuie... alors jouer moi-même m'ennuiera encore plus ! Quant au chant... il est préférable que je n'ouvre pas la bouche afin de ne point gâcher le chœur !

Quelle curieuse demoiselle ! Vrai, elle ne correspondait en rien à l'image que je me faisais d'une princesse !

— Par contre, précisa-t-elle, j'aime beaucoup la danse.

— Les leçons de danse ne commencent qu'en classe jaune où nous entrons à quinze ans !

— Oh, à cet âge-là, je serai l'épouse de M. le duc de Bourgogne et...

— Silence ! ordonna Mme de Glapion en se retournant vers nous.

Puis s'apercevant qu'elle s'adressait à la princesse, elle modéra son ordre en reprenant :

— Veuillez respecter la règle du silence, mesdemoiselles !

Comme je m'y étais attendue, nous apprîmes un nouveau chant à la gloire du roi. Je tenais la partition d'une main, et de l'index je suivais la portée afin que Marie-Adélaïde puisse chanter sans erreur. Mais comme elle ne paraissait point voir la différence entre un *do* et un *sol*, c'était peine perdue. Elle ouvrait la bouche, mais aucun son n'en sortait. Elle avait pourtant un air parfaitement appliqué qui me donna le fou rire. Je me contins le mieux possible, mais bientôt c'était elle que le rire gagna. Je supposais que si j'avais ri avec une autre demoiselle, j'aurais été réprimandée, mais comme il s'agissait de la princesse, M. Nivers et Mme de Glapion firent mine de ne rien remarquer.

Ensuite, nous regagnâmes notre classe pour une leçon de géographie. Après quoi, comme c'était la coutume une fois la semaine, chaque bande de huit élèves fut occupée à des tâches ménagères. Mme de Maintenon voulait que nous sachions tenir une maison. Elle pensait que nous commanderions mieux à nos domestiques si nous connaissions leur travail.

— Le travail n'est pas dégradant et ce serait avoir l'orgueil mal placé que de refuser d'aider notre communauté, nous avait dit Madame lors d'une conversation.

Cette semaine-là, ma bande était affectée au nettoyage du réfectoire. Je détestais manier le balai ! Et bien que Madame prétende que ce n'était point déshonorant, il me parut inimaginable que la princesse se transforme en domestique. Je pensais donc que Mme de Glapion l'allait dispenser de cette corvée et lui en proposer une plus digne de son rang. Il n'en fut rien. Marie-Adélaïde se saisit d'un balai et, par sa gaieté, sa vivacité, entraîna tout le groupe !

— Je suis plus habile avec un balai que devant un clavecin ! s'exclama-t-elle.

Sa repartie nous amusa beaucoup.

J'aurais voulu que cette journée ne finisse jamais, tant j'avais de bonheur à vivre à son côté.

CHAPITRE

6

À chaque instant, je m'attendais à ce que Mme de Maintenon vienne chercher sa jeune protégée pour la ramener à Versailles. Je savais que, pour moi, ce serait un déchirement. En peu de temps, je m'étais attachée à celle que je considérais comme une nouvelle compagne. Sa gaieté me permettait de mieux supporter l'absence d'Isabeau.

À six heures de relevée, j'étais persuadée que Marie-Adélaïde allait partir avant que nous nous rendions au réfectoire. Il me paraissait impossible d'imposer à cette demoiselle deux repas aussi sobres que ceux que l'on nous servait.

— Ma tante a souhaité que je passe une journée et une nuit à Saint-Cyr, me chuchota-t-elle juste avant le bénédicité.

J'essayai de contenir la joie qui m'inonda, et ne sachant point si, pour elle, il s'agissait d'un plaisir ou d'un supplice, je répondis simplement :

— J'en suis bien aise.

— Moi aussi, souffla-t-elle. À Versailles, je ne suis entourée que de vieilles gens... Elle ajouta aussitôt pour atténuer sa critique :

— J'aime beaucoup ma tante, le roi, mon oncle... mais être entourée de demoiselles de mon âge est tout de même fort agréable !

— Je vous comprends.

Satisfaite de ma réponse, elle me sourit.

Le froncement de sourcils de notre maîtresse nous rappela à l'ordre, et, ensemble, nous adoptâmes une mine sérieuse en évitant de nous regarder, car nous aurions, à n'en point douter, pouffé de rire devant nos airs de fausses repenties.

À la fin du repas, pendant lequel nous nous étions sagement laissé bercer par la voix de la demoiselle qui lisait un passage de l'Évangile, elle me souffla :

— Ce n'est point mauvais... mais cela manque de sucreries. À Turin, j'en mangeais beaucoup et la confiture de roses que l'on sert à Versailles est... divine. Le roi n'y résiste pas... et moi non plus.

Nous nous lavâmes la bouche au lavabo, ce qui étonna Marie-Adélaïde.

— Ainsi, nous n'aurons pas les dents gâtées, lui affirmai-je.

Je répétais simplement ce que nos maîtresses nous apprenaient lorsque nous arrivions à Saint-Cyr.

Puis ce fut la dernière récréation de la journée. Nous la passions en général à des jeux calmes afin de ne point nous échauffer avant de nous coucher : jeu des onchets[1], de dames, de trou-madame, jeu de l'oie, échecs. Marie-Adélaïde et moi choisîmes les onchets. Cela ne demandait point trop de réflexion, mais un peu d'adresse. Nous trichâmes toutes les deux sans vergogne et dans la joie.

À huit heures précises, nous montâmes dans le dortoir.

— Vous occuperez le lit de Brunet, annonça Mme de Glapion à Marie-Adélaïde.

Malheureusement, le lit d'Euphémie était à l'opposé du mien et j'enviais Antoinette de Montuchon qui aurait la chance de dormir à côté de ma princesse.

Au moment de nous dévêtir, ce que nous faisions toujours deux par deux, nous aidant mutuellement à délacer nos corps, c'est donc Antoinette qui s'occupa de Marie-Adélaïde. J'allais de pair avec Gabrielle depuis mon arrivée à Saint-Cyr. Je lançai certainement un regard envieux à Antoinette, car Gabrielle me reprit d'un ton acerbe :

— Quoi ? Je ne suis pas assez bien pour vous, à présent ?

1. Ancêtre du mikado.

— Non point, me défendis-je.

— Lorsque cette Marie-Adélaïde est à Saint-Cyr, vous ignorez vos vraies amies.

Elle avait insisté sur le mot « vrai » comme si Marie-Adélaïde ne pouvait être qu'une fausse amie.

— Oh, non, Rose-Blanche et vous serez toujours mes amies... mais... enfin... Mlle de Lastic ne connaît pas encore bien notre maison... Elle a besoin de conseils et...

Je me défendais mal. Gabrielle en profita :

— Allons, cette Lastic est une princesse ! Elle se moque de vos conseils ! Elle n'est ici que pour se divertir et nous ne sommes que des passe-temps. Elle doit se gausser de nous à la cour ! Hé, attention ! Vous me pincez la peau !

— Veuillez m'excuser.

Ses insinuations m'avaient si fortement perturbée qu'en attrapant rageusement les liens de son corps, je l'avais pincée.

— Hâtez-vous, mesdemoiselles ! gronda notre maîtresse, et n'en profitez point pour bavarder. Il vous reste dix minutes pour serrer vos cheveux dans vos bonnets !

Nous fûmes bientôt prêtes. Nous nous agenouillâmes devant nos lits à même le sol froid et nous récitâmes la dernière prière, puis nous nous précipitâmes sous nos draps et nos couvertures en grelottant. À neuf heures quarante-cinq, la cloche de la chapelle sonna. La dame responsable du dortoir passa dans l'allée, ferma les rideaux de damas vert de nos lits, s'assura que les bougies étaient éteintes, nous souhaita une bonne nuit et se retira dans sa cellule située à une extrémité de la vaste pièce.

J'étais trop excitée pour m'assoupir.

Selon l'habitude, j'attendis que la maîtresse se soit endormie, j'entrouvris le rideau et je me dirigeai sur la pointe des pieds vers le lit de Rose-Blanche pour bavarder. Sans doute Gabrielle se joindrait-elle à nous. Je pourrais ainsi prouver à toutes les deux qu'elles étaient toujours mes amies.

Une main fraîche se posa sur mon bras. Je me retournai.

— Puis-je venir dans votre lit ? me demanda Marie-Adélaïde.

J'étais si interloquée par cette proposition que je bredouillai :

— Heu... je ne sais pas si cela est bien conforme à...

— Vous ne le souhaitez point ? s'étonna-t-elle d'un ton chagrin.

— Oh, si... mais... enfin, vous êtes princesse et je ne suis que... que...

— Je suis Marie de Lastic et vous êtes Victoire de Marsanne, et j'ai froid dans ces draps humides, répliqua-t-elle avec aplomb.

— Dans ce cas...

Elle me prit la main et nous nous jetâmes littéralement sous la couverture de laine blanche que nous rabattîmes sur nos têtes pour étouffer nos rires.

— C'est bon de rire, souffla-t-elle. Je n'ai point ri d'aussi bon cœur depuis que j'ai quitté la Savoie et ma sœur, Marie-Louise. Il y a deux mois encore nous dormions ensemble... À Versailles, les bruits du château m'inquiètent... il y a toujours quelqu'un qui marche, qui parle, qui crie... et à qui révéler mes angoisses ?... Mme du Lude couche bien dans ma chambre, mais il ne me viendrait pas à l'idée de me confier à elle. Elle irait tout répéter à ma tante et au roi...

— Êtes-vous donc malheureuse ?

— Non point. Mais, comme je vous l'ai dit, je n'ai personne de mon âge à Versailles pour partager mes jeux, bavarder et rire aussi. Marie-Louise me manque beaucoup et la perspective de ne point la revoir me bouleverse.

— Et pourquoi donc ne la reverriez-vous point puisqu'elle est votre sœur ?

— Parce que le roi veut que rien ne me rappelle la Savoie. Mon père a réussi à obtenir que Mme Marquet, ma femme de chambre, demeure à mon côté durant six mois. Mais le jour où elle partira... Oh, je préfère n'y point penser !

— Moi aussi, j'ai été longtemps séparée de ma sœur, Isabeau. Nous avons été réunies quelques mois dans cette maison, puis Isabeau est partie pour servir la princesse de Condé. À présent, elle aide les Filles de la Charité à instruire les fillettes pauvres.

Nous restâmes quelques instants silencieuses, puis Marie-Adélaïde reprit :

— Je ne dois pourtant point trop me plaindre, on aurait pu me marier à un vieux prince veuf, édenté et malodorant ! Épouser le petit-fils du plus grand roi de la terre me convient tout à fait. Connaissez-vous M. le duc de Bourgogne ?

— Il est venu visiter notre maison avec le roi et plusieurs membres de la cour... mais j'avoue ne point me souvenir de...

— Il a juste trois ans de plus que moi et il est charmant, absolument charmant... Il n'est pas très grand, mais comme je suis plutôt petite, il fera un excellent cavalier lorsque nous danserons ensemble. Il a de magnifiques cheveux châtains, des yeux sombres et... oh, il m'a baisé la main avec une telle délicatesse lors de notre rencontre à Nemours...

Elle se pencha vers moi et ajouta :

— Je crois que j'en suis fort éprise.

— J'en suis bien contente pour vous. Épouser un gentilhomme pour qui l'on a de l'inclination est rare... et je vous souhaite beaucoup de bonheur.

— Êtes-vous fiancée ?

— Non point. Je dois attendre mes vingt ans pour obtenir la dot que le roi offre aux demoiselles de

Saint-Cyr... mais j'ai peur qu'aucun gentilhomme ne veuille de moi... à moins qu'un vieil ami de mon père ne vienne me chercher pour m'emmener dans un lieu isolé de notre province...

— Oh, cela n'est guère plaisant.

— En effet. D'ailleurs Mme de Maintenon nous répète que lorsqu'on est une demoiselle désargentée, il est préférable de renoncer au mariage et d'entrer en religion. On y a plus de satisfaction. Alors il se pourrait que je devienne Fille de la Charité afin d'aider Isabeau dans sa mission.

Ne voulant pas ennuyer Marie-Adélaïde avec des propos qui ne la concernaient pas, je la questionnai :

— Quand vous mariez-vous ?

— Lorsque j'aurai douze ans, c'est-à-dire dans un an très exactement... j'ai grande hâte que ce jour arrive pour pouvoir passer toute ma vie avec mon beau prince.

— Allez-vous demeurer à Saint-Cyr jusqu'à votre mariage ?

— J'espère y venir souvent. Je me plais beaucoup parmi vous toutes... Et puis, échapper pour quelques heures aux règles si strictes de l'étiquette est un véritable bonheur... Je crains toujours de commettre un faux pas ! Parfois je dois céder ma place à une plus jeune que moi, et d'autres fois, je dois passer devant une dame plus âgée... À Turin, nous avions plus de liberté...

Il me sembla que la nostalgie la gagnait, aussi je lui dis vitement :

— Ce sera un grand plaisir que vous veniez tous les jours.

— Las, ce ne sera point possible, car grand-père souhaite aussi ma présence auprès de lui. Je crois que je l'amuse...

— Grand-père ?

Elle rit de mon étonnement et reprit :

— Sa Majesté le roi... que j'appelle affectueusement grand-père...

— Vous... vous appelez le roi « grand-père » ?

— Oui, ou monsieur. C'est lui qui l'exige.

Cette familiarité me laissa sans voix. Jamais je n'aurais pu soupçonner que ce grand monarque devant qui nous nous inclinions fût nommé « grand-père ». Cela ne surprenait point Marie-Adélaïde qui enchaîna :

— Et j'ai encore tout à découvrir de Versailles, de Marly, de Trianon, de Fontainebleau, de Chambord. Et puis Monsieur et Madame souhaitent ma présence à Saint-Cloud... Monseigneur veut me montrer Meudon, sans compter les princes, les princesses et les gentilshommes qui, pour bien faire leur cour, veulent offrir des divertissements en mon honneur.

À mon tour, je me pris à imaginer cette vie trépidante dans laquelle, vêtue de belles robes, j'irais à des bals, des fêtes, des représentations théâtrales, parmi les grands de ce monde. Mais cela n'était point pour une petite demoiselle pauvre. Afin d'ôter ces images de mon esprit, je secouai la tête et je poursuivis :

— Je comprends que le calme de Saint-Cyr vous ennuie.

— N'en croyez rien. La simplicité de cette maison me plaît... Ici, je suis à nouveau une enfant, parmi d'autres... et c'est fort reposant. À la cour, j'ai cru comprendre que je devrais me méfier des princesses du sang. Elles savent me faire bonne figure, mais je sens qu'à la moindre occasion elles chercheront à me dénigrer auprès du roi.

— Oh, comme c'est regrettable !

— Oui. Elles sont jalouses de l'affection que le roi me porte... Et la jalousie est un abominable sentiment qui peut conduire à toutes les folies... Alors avoir une véritable amie est un bien précieux, ajouta-t-elle en me saisissant la main.

Prise au dépourvu par cette annonce, le cœur palpitant, je balbutiai, comme si j'avais mal entendu :

— Plaît-il ?

— Ne vous souvenez-vous plus que je vous ai choisie pour amie ?

— Si fait... et... cela me comble de bonheur... avoir l'honneur de votre amitié est... est un grand honneur qui... que...

Je bredouillais. Elle éclata d'un rire sonore et, sans réfléchir, je lui enfonçai la tête dans l'oreiller pour étouffer le bruit.

Nous nous séparâmes fort tard dans la nuit après avoir encore longuement bavardé.

CHAPITRE

7

Chaque matin, j'espérais l'arrivée de Marie-Adélaïde.

Parfois, elle n'assistait qu'aux leçons de la matinée, d'autres fois, elle passait la journée entière avec nous. Elle dormit rarement à Saint-Cyr et je le déplorai fort. Je gardais un émouvant souvenir de notre conversation sous les draps de mon lit.

Rose-Blanche et Gabrielle me battaient un peu froid. Elles me reprochaient de les délaisser au profit de ma princesse. Elles n'avaient point tort et, bien que je m'en défendisse, je me rendais compte que mon amitié pour Marie-Adélaïde était exclusive. Peut-être n'avais-je point le cœur assez grand pour que trois amies y logent de concert[1] ?

1. Ensemble.

À la mie de décembre, nous étions en récréation dans le jardin à jouer aux quilles par un temps froid et soleilleux, lorsqu'un remue-ménage inhabituel attira nos regards vers l'allée conduisant à la porte de Saint-Cyr. C'était par là, nous le savions, que le roi arrivait lorsqu'il nous visitait, ce qui se produisait une fois par mois, plus ou moins[1]. Aussitôt, nos maîtresses nous rassemblèrent afin que nous soyons prêtes à nous incliner devant Sa Majesté.

Bientôt le monarque parut avec à son côté gauche Mme de Maintenon, et à sa droite la princesse. Nous plongeâmes dans une parfaite révérence. Nous nous relevions, gardant modestement les yeux baissés, lorsque Marie-Adélaïde s'avança vers moi et s'adressa au roi.

— Monsieur, j'ai l'honneur et le grand plaisir de vous présenter mon amie Victoire de Marsanne, élève, comme moi, de la classe verte.

Je rougis, je pâlis et mes jambes se mirent à flageoler. J'aurais voulu être à cent lieues de là tant je craignais de paraître sotte et en même temps je n'aurais cédé ma place à personne tant l'honneur d'approcher le roi était grand. Il m'accorda un souris et il me parut que le soleil tout entier m'éclairait. Ne sachant trop comment me comporter dans une telle circonstance, je plongeai dans une nouvelle révérence.

1. Construction de l'époque.

— Nous sommes bien aise, ma chère enfant, que vous ayez des amies et que vous vous plaisiez dans cette maison, ajouta le roi.

— Oh, oui, j'aime beaucoup Saint-Cyr ! s'enthousiasma Marie-Adélaïde.

La supérieure, qu'une bleue avait prévenue, vint s'incliner à son tour devant le roi et l'invita à la suivre jusqu'à la chapelle pour assister aux vêpres. À ce moment-là, Rose-Blanche, peut-être afin d'être remarquée à son tour, entonna de sa voix si pure le chant que nous avions récemment appris :

> *Du seigneur troupes fidèles*
> *Anges du ciel, veillez tous,*
> *Veillez, couvrez de vos ailes*
> *Un roi qui veille sur nous.*

Aussitôt deux cent cinquante voix chantèrent à l'unisson. Surprise, Sa Majesté s'arrêta pour savourer ce moment et le contentement marqua son visage. Puis elle reprit sa marche et notre chant l'accompagna jusqu'à ce qu'elle pénétrât dans le bâtiment.

Quelques jours plus tard, notre maîtresse nous annonça que nous allions apprendre les rôles d'*Esther* afin de donner ce petit divertissement aux autres classes pendant la période de carnaval. Un murmure joyeux fit écho à ces paroles.

— N'était-ce point les jaunes qui avaient joué la pièce précédemment ? s'étonna Boisson de la Guerche.

— Si fait. Mais Madame a pensé que la classe verte était apte à apprendre le texte et à chanter dans les chœurs.

Ne devions-nous pas à Marie-Adélaïde le choix de notre classe par Mme de Maintenon ?

— M. l'abbé, qui prétend que le théâtre est mauvais pour nous, ne s'y est pas opposé ? persifla Gabrielle.

Sans doute étonnée comme nous par ce revirement, notre maîtresse se troubla quelque peu :

— Heu... Non point. Exercer votre mémoire, savoir bien réciter est fort utile. Par contre, vous ne jouerez point en public. Madame en a décidé ainsi et nous obéissons.

Marie-Adélaïde, qui n'était point venue depuis deux jours, arriva le lendemain de cette annonce et me dit :

— Savez-vous que nous allons interpréter *Esther* ?

— Mme de Glapion nous l'a, en effet, annoncé.

— Est-ce que cela vous fait plaisir ?

— Toute la classe s'en réjouit. Cela créera un fort agréable intermède dans la monotonie de notre existence.

— Vous ennuyez-vous tant que cela ?

J'avais sans doute parlé un peu trop vitement et je m'en voulus. Si elle répétait mes propos à sa tante, cela risquait de m'attirer une punition. Aussi j'assurai :

— Point du tout. Mais il est toujours agréable d'apprendre quelque chose de nouveau.

— Oh, justement, apprendre, ce n'est point ce que je fais de mieux. Je n'ai aucune mémoire et retenir et déclamer des centaines de vers est au-dessus de mes forces.

— Je vous aiderai et, avec un peu de patience, vous y parviendrez.

— Il le faudra bien. C'est pour me satisfaire que ma tante a ordonné que la pièce soit à nouveau jouée. J'avais envie d'être comédienne.

Je souris. Marie-Adélaïde était adorable de naïveté... Comment peut-on rêver de devenir comédienne si on est rebutée par l'apprentissage du texte ?

D'ailleurs, elle avait grand-peine à le retenir. Et lorsqu'elle le récitait, c'était en butant sur les mots ou en le débitant sans aucune intonation. Et comme elle demeurait parfois trois jours sans venir à Saint-Cyr, elle oubliait ce qu'elle avait appris. Je m'acharnais pourtant à l'aider à répéter. Je voulais qu'elle soit parfaite dans le rôle qu'on lui attribuerait. Il en allait, en quelque sorte, de mon honneur.

Elle arriva un jour au début de la récréation de midi, alors que nous allions commencer à jouer aux quilles. Elle ne portait point le costume de Saint-Cyr, signe qu'elle n'allait pas séjourner long-temps dans notre maison mais seulement assister aux leçons de l'après-dîner. Je courus dans notre classe chercher le texte d'*Esther* que j'avais recopié dans un cahier afin qu'elle puisse l'emporter et le relire à Versailles.

— Vous aviez oublié votre cahier, lui dis-je.

— Oh, cela n'a pas d'importance, je n'aurais pas eu le temps de le regarder.

Cette phrase me blessa. J'avais écrit avec beaucoup de soin et d'émotion le texte afin qu'elle puisse le relire seule. Qu'elle n'y attachât pas la même impor-tance que moi me peina.

— J'étais hier à Marly avec le roi, poursuivit Marie-Adélaïde. Marly est composé d'une succession de petits palais nichés dans la verdure et l'eau, tout à fait à ma mesure. Un délice, vraiment. Cela me rappelle un peu la nature qui est partout dans le duché de Savoie... Connaissez-vous Marly ?

Cette fois sa candeur m'agaça et je lui répliquai un peu sèchement :

— Et comment le connaîtrais-je ? Croyez-vous que l'on nous autorise à sortir pour visiter les lieux où vivent les grands ?

— Vous ne connaissez donc point Versailles non plus ? s'étonna-t-elle comme s'il s'agissait d'une chose incroyable.

— Les demoiselles qui ont joué *Esther* sont allées une fois répéter à Versailles, mais je n'étais pas encore à Saint-Cyr. Ma sœur m'en a décrit la beauté.

— Oh, les descriptions sont bien en dessous de la vérité. Versailles est somptueux, Marly adorable et Trianon un véritable bijou. Un jour, je vous emmènerai voir toutes ces merveilles.

Tout à coup, je me rendis compte du fossé qu'il y avait entre nous.

Marie-Adélaïde ne serait jamais une amie comme l'était Gabrielle ou Rose-Blanche. Elle était princesse. Elle vivait à la cour où je ne serais jamais. Qu'elle vantât la beauté des lieux où elle vivait me fit mieux ressentir la pauvreté de ma condition. Et que, de plus, pour se sentir « grande dame », elle voulût m'y inviter fit exploser ma colère.

— Cela ne m'intéresse pas. Et vous feriez mieux d'apprendre votre texte si vous ne voulez point vous ridiculiser devant les autres... parce qu'à Saint-Cyr vous n'êtes que Mlle de Lastic et les demoiselles des autres classes qui ignorent votre identité ne manqueront pas de se gausser de vous si vous bafouillez !

— Je n'ai aucune mémoire, je vous l'ai dit !

— La mémoire n'est pas seule en cause. Vous n'avez aucune volonté ! Vous êtes par trop habituée au luxe et à la paresse !

Ses yeux s'embuèrent de larmes. Sans un mot, elle se leva du banc où nous nous étions assises et se dirigea vers un groupe qui jouait aux quilles.

J'aurais dû la rattraper par le bras, m'excuser, lui affirmer que mes paroles avaient dépassé ma pensée, mais, vidée de tout, je demeurai prostrée sur le banc.

En une minute, je venais de perdre l'amitié de Marie-Adélaïde.

CHAPITRE

8

J e dormis mal, revivant sans cesse la scène de la veille, me reprochant ma dureté. Je me promettais, si Marie-Adélaïde m'adressait à nouveau la parole, de me confondre en excuses et de la supplier de vouloir bien me conserver un peu de son amitié. Mais reviendrait-elle ? N'allait-elle pas demander à sa tante de la retirer définitivement de notre maison ? Je sanglotai une partie de la nuit.

Gabrielle qui m'entendit se glissa un moment dans mon lit et s'inquiéta de la cause de mon chagrin.

— Je suis fâchée avec... avec Mlle de Lastic.

— Oh, ce n'est que cela ? Il ne faut point pleurer pour si peu.

— C'est que... nous étions très amies et...

— Voyons, Victoire, vous ne la connaissez que depuis un mois, alors que nous sommes vos amies depuis des années ! Elle n'était pas une vraie amie... Elle s'est amusée à vous le faire accroire... mais ce n'était qu'un jeu pour elle. Elle a certainement à la cour des amies autrement huppées que vous !

Mes larmes redoublèrent tant son raisonnement était juste. Je regrettais amèrement mon mouvement d'humeur parce que moi, sans que je puisse m'expliquer pourquoi, je m'étais attachée à elle comme je ne l'avais jamais été à personne d'autre à l'exception d'Isabeau. Qu'elle soit fâchée contre moi me parut un supplice au-dessus de mes forces.

Devant mon chagrin, Gabrielle quitta ma couche en persiflant :

— Rose-Blanche et quelques autres prétendent que cette princesse vous a tourné la tête. Je ne les croyais point. Je sais, à présent, qu'elles ont vu juste.

J'étais si abattue qu'elle non plus, je ne la retins pas. Ma solitude m'apparut alors si cruelle que mes larmes ne tarirent point.

Marie-Adélaïde ne parut pas à Saint-Cyr pendant plusieurs jours.

Je n'étais plus que l'ombre de moi-même. Je n'avais plus d'appétit, mon visage était bouffi de larmes, apprendre les vers d'*Esther* ne m'intéressait plus et comme, pendant les récréations, mes compagnes ne m'incluaient plus dans leurs jeux ou leurs discussions, je demeurais seule à ressasser mon malheur.

Notre maîtresse, inquiète de mon état, me questionna.

— L'hiver est long, mentis-je, la froidure me congestionne les yeux. Au printemps, tout rentrera dans l'ordre.

Mon explication lui suffit, ou alors elle fit semblant de l'accepter, je ne sais.

Le 22 du mois de décembre (comment oublier cette date !) Mme de Maintenon et Marie-Adélaïde pénétrèrent dans le parc lors de la récréation du matin. Cette dernière était emmitouflée dans une mante de laine pourpre doublée d'hermine blanche. On aurait dit une fée. Elle courut vers moi et me lança joyeusement :

— Je sais le rôle d'Esther et celui de Zarès par cœur ! Je connais aussi les chants ! Êtes-vous contente de moi ?

Je m'étais si fort attendue à ce qu'elle me boude que ce flot de paroles me laissa bouche bée.

— Oh, vous êtes encore fâchée ? se désola-t-elle.

— Non point... bredouillai-je... au contraire... je suis heureuse de vous revoir à Saint-Cyr.

— Tant mieux. En plus, grand-père m'a promis une surprise pour tantôt ! J'ai grande hâte de savoir de quoi il retourne.

Mme de Maintenon discuta avec la supérieure et les maîtresses puis elle annonça :

— Mesdemoiselles, vous allez toutes monter au premier étage et vous placer devant les fenêtres ouvertes. Sa Majesté vous fait le grand honneur de vous donner à entendre sa musique militaire. C'est au son de cette musique que vos grands-pères, vos pères, vos frères, vos oncles partent à la guerre pour servir leur roi. Sa Majesté a pensé vous être agréable en vous la faisant découvrir.

Nous étions très excitées en montant les degrés et nous eûmes beaucoup de mal à garder le silence. Comme si rien de fâcheux ne s'était passé entre nous, Marie-Adélaïde se plaça à mon côté. J'avais envie de lui serrer la main pour sceller notre réconciliation, mais je ne l'osais point. Qu'elle ait pardonné ma maladresse était le signe d'une grande âme et j'étais éperdue de reconnaissance.

À peine étions-nous aux fenêtres que la musique, d'abord lointaine, se rapprocha de nous. Nous nous bousculâmes un peu afin de ne rien rater du spectacle et bientôt, sous nos yeux ébahis, défilèrent les trompettes et les timbaliers à cheval, les tambours et les fifres à pied. Avec les officiers à leur tête, les musiciens firent le tour de la cour en jouant des airs guerriers. Les tambours résonnaient entre les murs et nous donnaient l'envie de marcher en cadence et le son vif des fifres nous vrillait les tympans.

C'était majestueux, entraînant et fort émouvant aussi puisque ces mêmes airs accompagnaient les troupes aux combats.

Gabrielle résuma nos pensées en s'exclamant d'une voix vibrante d'émotion :

— Que c'est beau !

Nous aurions voulu que ce spectacle ne finisse jamais. Mais après trois tours de cour, les musiciens quittèrent le parc en continuant à jouer.

La princesse se mit à applaudir avec ferveur. Emportées par l'enthousiasme, nous applaudîmes à notre tour. L'un des officiers, qui me parut être le chef de cette petite expédition, se retourna sur son cheval et salua la princesse le sabre au clair.

— Je remercierai le roi pour nous avoir fait profiter de cet agréable moment, promit Marie-Adélaïde.

Nos maîtresses frappèrent dans leurs mains en nous ordonnant :

— À présent, la récréation est terminée. Regagnez vos classes. Il est temps de vous mettre à l'ouvrage !

Il nous fut difficile de nous concentrer sur nos broderies tout en écoutant l'une d'entre nous lire une fable. Nos oreilles vibraient encore de cette si entraînante musique !

— Mes pieds bougent tout seuls sous la table, me murmura Marie-Adélaïde.

Mme de Glapion, sans doute aussi bouleversée que nous, ne nous gronda pas.

— Sa Majesté viendra à la fin de janvier assister à la représentation d'*Esther*, nous informa-t-elle. J'espère que vous connaissez parfaitement vos rôles. Par faveur exceptionnelle, vous aurez les costumes d'Israélites utilisés par vos compagnes avant vous.

Nous nous jetâmes des regards étonnés. Que nous jouions devant le roi et avec les déguisements somptueux portés par les jaunes quelques années auparavant était tout à fait incroyable !

— Ma tante a souhaité me faire plaisir, me souffla Marie-Adélaïde. Je voulais jouer une pièce, elle a accepté et, pour bien entrer dans mon personnage, je devais me déguiser... Au commencement, elle a refusé... aussi j'en ai parlé au roi, qui m'a dit : « Il est, certes, plus aisé de jouer une Israélite si l'on en a le costume. » Ne voulant point contrarier le roi, Mme de Maintenon a fini par accepter.

Ainsi, c'était à la princesse que nous devions le plaisir de jouer en costumes !

C'était vraiment une fée !

CHAPITRE

9

À quelques jours de la représentation, nous nous interrogions encore pour savoir si le roi viendrait seul avec Mme de Maintenon ou si des membres de la famille royale l'accompagneraient.

— Il viendra seul, assura Gabrielle, puisque cette pièce n'est donnée que pour satisfaire la princesse.

— Et puis, ajouta Euphémie, Madame n'admet plus aucun homme au sein de notre maison.

— Las ! souffla Rose-Blanche, à part le prêtre qui célèbre la messe et l'organiste, plus aucun gentil-homme ne franchit nos murs. Je ne parle pas des ouvriers appelés à travailler dans notre maison... on s'arrange pour que nous ne les croisions jamais.

— Vous oubliez le roi, ma chère !

— Heureusement que Sa Majesté vient nous visiter, sinon, nous finirions par oublier comment les hommes sont faits ! plaisanta Sidonie.

Nous éclatâmes de rire à cette boutade.

Le 30 janvier, dans le grand corridor, à l'endroit même où *Esther* avait été jouée en 1689, une scène et des coulisses furent montées.

— Oh, que tout cela est excitant ! s'enflamma Rose-Blanche tandis que notre classe se dirigeait vers le jardin pour la récréation.

— Nous allons, nous aussi, connaître la fièvre d'une représentation théâtrale, s'exclama Gabrielle.

— C'est une grande chance ! Habituellement, ce ne sont pas les « petites » vertes qui apprennent du théâtre mais les jaunes et les bleues, remarqua Euphémie.

— Sans la princesse, jamais nous n'aurions joué de pièce puisque M. Godet des Marais les a interdites ! affirmai-je.

— Il est vrai, admit Rose-Blanche. Alors tant mieux, et réjouissons-nous !

Nous avions longuement répété dans nos habits ordinaires et nous étions impatientes de revêtir les costumes de théâtre. Madame avait toutefois précisé que, afin de respecter le nouveau règlement de Saint-Cyr, nous n'aurions point les bijoux dont s'étaient parées les premières comédiennes, mais la simple perspective de pouvoir changer de vêtements pour une heure ou deux nous comblait.

Mme de Glapion nous regroupa dans le dortoir et nous donna les dernières consignes. Je m'étonnais que Marie-Adélaïde ne soit point encore arrivée. Si par malheur, elle était souffrante, la représentation serait annulée. Mes compagnes en seraient fort déçues et moi très inquiète pour la princesse.

Mes mains tremblaient tandis que j'aidais Gabrielle à se vêtir et à se coiffer.

Soudain, Marie-Adélaïde parut, fraîche et souriante.

— Vous êtes ravissante ! lança-t-elle à Gabrielle.

Je soupirai de soulagement et je finis de fixer la cape sur la robe de Gabrielle pour m'occuper de Marie-Adélaïde.

— Rendez-moi aussi jolie que Gabrielle ! me recommanda-t-elle.

— Savez-vous qui assistera au spectacle ? interrogea Rose-Blanche.

— Ah, mes amies, toute la cour souhaite voir une pièce jouée par les Colombes du roi ! Au début, Mme de Maintenon voulait que la pièce ne soit donnée que pour les demoiselles des autres classes, la communauté et le roi...

— Oh, seulement... se désola Gabrielle.

— Attendez, ma chère. J'ai fait ma chattemite[1] auprès du roi en lui affirmant que cela me procurerait un grand plaisir de jouer aussi pour Monsieur qui est mon grand-père, pour madame son épouse, pour Monseigneur, pour la princesse de Conti, pour la princesse d'Harcourt et Mme de Pontchartrain.

— Tout ce monde-là ! s'alarma tout à coup Rose-Blanche.

— Oui. Le roi a, tout d'abord, froncé les sourcils... mais je lui ai sauté sur les genoux, je l'ai picoté de baisers et il a cédé.

J'avais du mal à imaginer ce tableau. Quelqu'un sur les genoux du roi...

— M. le duc de Bourgogne, votre fiancé, sera présent ? m'enquis-je.

J'avais grande hâte de rencontrer le prince dont Marie-Adélaïde m'avait vanté les mérites et, dans un même temps, je redoutais, par je ne sais quelle pudeur, de m'exposer à son regard.

— Las, le roi ne l'a point voulu. Il ne serait point correct que le duc de Bourgogne me voie en comédienne. N'empêche, il faut que nous soyons toutes excellentes pour être applaudies !

— Nous le serons, affirma Gabrielle, d'autant qu'il n'y a qu'une seule et unique représentation !

---

1. Prendre une attitude ou un ton doux et affectueux pour tromper.

Je me tus. J'étais morte de peur. Jouer devant tous ces grands... Et si je bafouillais... et si j'oubliais mon texte... et si je me prenais les pieds dans ma traîne... J'admirais la décontraction de la princesse. Paraître devant ces gens huppés ne l'impressionnait pas. Elle en avait l'habitude. Cependant, alors que je fixais un voile sur sa chevelure, elle s'inquiéta :

— Je dois être parfaite... Les princesses saisiront la moindre erreur pour se gausser de moi. Elles font mine de m'apprécier devant le roi, mais elles font courir, à mon sujet, les pires calomnies. J'ai ouï dire qu'à Paris on chansonnait sur ma naïveté... les mauvais esprits auront vite fait de composer quelques couplets sur la piètre qualité de mon interprétation. Cela fâchera mon fiancé.

J'en vins donc à oublier mes angoisses pour encourager la princesse dont la situation était, somme toute, plus angoissante que la mienne.

Lorsque Isabeau était venue me visiter avant Noël, comme elle en avait la possibilité aux quatre fêtes religieuses, je lui avais annoncé que nous apprenions *Esther* pour présenter la pièce à Sa Majesté.

— Il ne faudra point en tirer vanité, m'avait-elle conseillé. Le théâtre doit être seulement un exercice... dans le cas contraire, il peut conduire à tous les excès.

Je sentis que ma sœur craignait que le théâtre ne me détourne de la vocation qui était la mienne, à savoir, la rejoindre pour enseigner aux demoiselles pauvres. Aussi, je répondis vitement :

— N'ayez aucun souci, le théâtre ne m'intéresse point... mais il me faut bien interpréter le rôle que l'on m'a choisi.

— Certes. Vous devez faire de votre mieux pour que le spectacle divertisse Sa Majesté qui est si bonne pour nous.

Nous attendîmes dans le dortoir que tous les spectateurs fussent installés. Nos camarades des classes jaunes et bleues se placèrent debout dans le fond. Madame avait jugé que les rouges étaient trop jeunes pour comprendre la pièce. Pourtant, pendant les récréations, beaucoup venaient nous écouter répéter et mouraient d'envie de nous voir déclamer dans nos beaux costumes.

— Plus tard, moi ze serai comédienne ! m'avait assuré Blandine, une blondinette de huit ans qui me dévorait du regard lorsque je récitais mon texte.

Je n'eus pas le cœur de lui révéler que ce n'était pas un avenir envisageable lorsqu'on était élevée dans la Maison Royale d'éducation de Saint-Cyr. Lors d'une des conversations que Madame nous donnait pendant les récréations, elle avait évoqué la fin dramatique des comédiennes qui, si elles n'avaient point le temps de renoncer à leur art avant de mourir, n'étaient point enterrées chrétiennement et brûlaient dans les flammes d'un enfer éternel[1].

Enfin, le roi, Mme de Maintenon, Monsieur frère du roi et son épouse, Monseigneur, les princesses du sang et quelques dames s'installèrent sur le fauteuil et les chaises disposés devant la scène.

— Tout le monde est venu ! s'enthousiasma Marie-Adélaïde.

J'aurais voulu partager son exaltation, mais ma bouche était sèche et j'étais incapable de prononcer une parole ; quant à mes jambes, elles ne me portaient plus ! Quelle honte si, par ma faute, je gâchais la pièce !

Notre maîtresse semblait tout aussi angoissée. Elle passait de l'une à l'autre, arrangeant une mèche de cheveux, resserrant une tunique et nous serinant les mêmes recommandations :

— Parlez clairement, sans précipitation, ne regardez point en direction de Sa Majesté, levez la tête...

Marie-Adélaïde se plaça à mon côté. Nous nous sourîmes pour nous encourager. Mais nos deux cœurs battaient la chamade à l'unisson.

Enfin, Sa Majesté frappa trois fois le sol de sa canne.

Mme de Caylus, qui avait déjà lu six ans auparavant le prologue de la Piété, s'acquitta avec grâce de

---

1. Lire *Les Lumières du théâtre.*

sa tâche, puis les scènes et les chœurs s'enchaînèrent. Il y eut quelques hésitations, mais notre désir de bien faire était tel que j'espérais que le public ne nous en tiendrait pas rigueur.

Après une heure de spectacle, le chœur, interprété par toutes les vertes qui n'avaient point de rôle parlé dans la pièce, chanta les derniers vers :

Que le Seigneur est bon !
Que son joug est aimable !
Heureux qui dès l'enfance en connaît la douceur !
Jeune peuple, courez à ce maître adorable.
Les biens les plus charmants n'ont rien de comparable
Aux torrents de plaisirs qu'il répand dans un cœur.
Que le Seigneur est bon ! Que son joug est aimable !
Heureux qui dès l'enfance en connaît la douceur !

... Que son nom soit béni ! Que son nom soit chanté ;
Que l'on célèbre ses ouvrages
Au-delà des temps et des âges,
Au-delà de l'éternité !

Les comédiennes revinrent sur la scène pour saluer. Si le roi applaudissait, nous serions comblées. S'il demeurait impassible, ce serait la honte...

Pour montrer notre solidarité, nous nous tenions par la main en nous inclinant. Mais nous tremblions à l'idée de n'avoir pas satisfait le roi.

Sa Majesté eut alors la bonté d'applaudir et bientôt tout le public l'imita. Le souris nous revint instantanément. Marie-Adélaïde me conduisit alors devant le roi, à qui elle demanda sans aucune gêne :

— La pièce vous a-t-elle plu ?

— Beaucoup. Et vous avez fort bien joué, mademoiselle de Lastic.

Marie-Adélaïde rit franchement de ce surnom qui ne donnait le change à personne et reprit en faisant une révérence des plus mutines :

— Mlle de Lastic est fort honorée d'avoir joué devant son...

Elle fit semblant d'hésiter, l'index sur la lèvre, et termina :

— ... son grand-père.

Le roi sourit à son tour, complice des farces de la princesse, puis il ajouta :

— *Esther* est la plus belle pièce qu'il nous a été donné de voir et nous ne nous en lassons point. M. Racine sera fier et heureux d'apprendre qu'elle a été jouée une nouvelle fois à Saint-Cyr.

— Comme vous, j'aime beaucoup le théâtre.

— Sa Majesté n'apprécie plus autant le théâtre, s'interposa Mme de Maintenon, la plupart du temps, il met en scène les plus vils sentiments de l'humanité. À présent, seules les comédies saintes sont représentées à la cour.

J'entendis alors la princesse de Conti murmurer à l'oreille d'une dame : « Voilà pourquoi on y périt d'ennui. » Voyant que j'avais ouï sa réplique, elle me sourit comme pour me rendre complice. Cette princesse avait la langue bien pendue et fort médisante, et je m'éloigna vitement.

La supérieure de notre maison convia tous les invités à venir dans la salle de la communauté afin, sans doute, d'échanger quelques mots avec l'ensemble des dames. Pendant ce temps, nous retournâmes dans le dortoir pour nous changer.

— Oh, s'exclama Gabrielle, penser que nous ne porterons plus ces magnifiques costumes me peine... J'ai eu tant de plaisir à quitter la tenue sombre de Saint-Cyr.

— Moi, ce sont les robes des dames venues nous voir qui me font rêver, ajouta Rose-Blanche... les tissus sont si chatoyants, si gais... Avez-vous remarqué le bustier brodé d'argent de l'épouse de Monsieur ?

— Et encore ! remarqua Marie-Adélaïde, Mme de Maintenon leur avait recommandé la sobriété. Mais il est vrai que la tenue de Saint-Cyr est bien sévère... Et s'il n'y avait point les rubans de couleur pour l'égayer, elle serait à mourir de tristesse !

— Voyons ! gronda notre maîtresse, assez de balivernes ! Il ne faut point que cette représentation vous tourne la tête, ou Madame sera obligée de sévir !

Contrariée par cette réflexion, Marie-Adélaïde prit un air boudeur et murmura :

— Je vais finir par détester venir à Saint-Cyr à cause de la sévérité de Mme de Glapion.

Ma gaieté s'évanouit instantanément. Et si Marie-Adélaïde ne revenait pas à Saint-Cyr ?

CHAPITRE

10

L'année 1697 s'écoula un peu moins monotone que les précédentes. Marie-Adélaïde nous apportait l'air de la cour.

Dès le printemps, elle fut très entourée pendant les récréations qui se déroulaient dans le parc, où la surveillance des maîtresses était plus relâchée.

Un jour, elle nous décrivit une promenade à Marly avec le roi dans le petit chariot poussé et tiré par des Suisses.

— Les jardins de Marly sont un enchantement. Les fleurs, les arbustes, les fontaines sont partout. Le roi a ordonné la construction d'une nouvelle grande cascade afin de rivaliser avec celle que Monsieur possède à Saint-Cloud.

— Qu'est-ce qu'une grande cascade ? demanda Euphémie.

— Oh, se moqua Marie-Adélaïde, vous ne savez point ce qu'est une cascade ? C'est... c'est une succession de degrés de pierre, sur laquelle descend une rivière... comme si l'eau sautait à cloche-pied d'une marche à l'autre.

Bien que nous n'ayons qu'une faible idée de ce que cela représentait, cette description nous amusa.

— Le roi a de nouvelles carpes ! nous annonça-t-elle une autre fois comme s'il s'agissait d'un fait de la plus haute importance. Afin de bien faire sa cour, un marquis vient d'offrir au roi pour le nouveau bassin qui est creusé à Marly trente carpes d'une beauté extraordinaire ! Celle qui a les reflets les plus chatoyants a été baptisée La Bourgogne, en mon honneur. N'est-ce point une charmante attention ?

Je jugeais cette distinction un peu dérisoire, néanmoins, je la félicitai.

— Les princesses se sont moquées ! reprit-elle. Elles ont dessiné des portraits de moi en carpe. Mais ce sont elles qui se sont couvertes de ridicule, car le roi les a grondées.

Un autre jour, toute joyeuse, elle sortit discrètement d'une des poches de son jupon, où elle les avait cachés, une paire de pendants d'oreilles en rubis :

— Je viens de les gagner à la tombola organisée par Sa Majesté. Les lots étaient somptueux : bijoux, argenterie, étoffes de soie...

— Je n'ai jamais rien vu d'aussi beau, s'extasia Gabrielle !

— Oh, il y avait une parure de diamants beaucoup plus belle, c'est Mme la princesse de Conti qui l'a gagnée ! Elle ne s'est point privée de me faire remarquer que son lot était plus beau que le mien.

— Êtes-vous toujours fâchée avec les princesses du sang ? m'enquis-je.

— Ce n'est point moi qui le suis, mais elles qui me jalousent. Je souhaite que nous soyons amies... mais c'est difficile.

Comme son regard s'assombrissait, je changeai habilement de conversation :

— Je doute que le règlement de notre maison nous autorise à avoir de tels bijoux, alors rangez-les vite.

Elle rit en remettant les pendants d'oreilles dans les plis de son jupon.

— Certes. Pourtant, bijoux et soieries font partie des plaisirs de l'existence.

Au printemps, elle nous conta la traversée en gondole du Grand Canal à la lueur des flambeaux alors que les musiciens du roi installés sur des barques jouaient une aubade. Par souci de bienséance, son fiancé avait pris place dans une autre gondole, mais ils avaient pu échanger quelques mots en présence du roi et de Mme de Maintenon.

— Le duc de Bourgogne est vraiment un gentil seigneur. Il a bonne mine et joli maintien. Je regrette de ne le voir que deux fois par semaine, car nous nous entendons bien. Lors du feu d'artifice qui clôtura la soirée, j'eus un mouvement de recul quand une bombe éclata juste au-dessus de nos têtes. Il m'a saisi discrètement la main et tous les pétards auraient pu m'exploser sous les pieds que je n'aurais plus tremblé, tant son geste était doux.

— Je n'ai jamais assisté à un feu d'artifice, avouai-je.

— Seigneur ! comment est-ce possible ?

— Il n'y en a point de tiré à Saint-Cyr, tout simplement. Et je doute que l'abbé Godet des Marais soit favorable à ce genre de divertissement !

— Oh, il faut absolument que vous en voyiez un... on dirait... on dirait que le ciel s'illumine de fleurs multicolores qui tournoient, sifflent ou éclatent... Je ne peux pas vraiment vous décrire ce que c'est... il faut le voir.

Elle avait toujours la même naïveté qui tantôt m'amusait, tantôt m'agaçait.

Un après-dîner de la fin de mai, elle arriva à Saint-Cyr, le visage boursouflé par les larmes.

— Mme Marquet, la seule femme de chambre savoyarde qui avait été autorisée à demeurer près de moi, vient de partir, nous annonça-t-elle.

— Pourquoi vous abandonne-t-elle ainsi alors que vous paraissez lui être très attachée ? s'étonna Gabrielle.

— Sa Majesté l'exige... C'est ce qui avait été convenu sur le contrat de mariage. Elle ne devait me servir que pendant six mois... et les voilà écoulés. Il ne me reste plus aucun lien avec ma chère Savoie. Plus personne avec qui parler de ma vie d'avant, de mes parents, de ma grand-mère et surtout de ma sœur.

Marie-Adélaïde ne put retenir ses sanglots et c'est sur mon épaule qu'elle vint chercher un peu de réconfort.

Je vis bien, dans le regard de mes compagnes, un soupçon de jalousie, car nombre d'entre elles auraient eu une grande fierté à être ainsi distinguées par la princesse. Pour moi, ce n'était point de la fierté que j'éprouvais, mais de la tendresse... comme si j'avais à consoler une sœur chérie. Devant mes camarades, pourtant, je tâchais de garder une certaine distance.

— Soyez courageuse, madame. Ce n'est pas parce que vous ne parlerez plus de ceux qui vous sont chers que vous les oublierez.

— Oh, non, jamais je n'oublierai la Savoie et ma famille, même si maintenant je suis française.

— Alors séchez vos larmes et montrez-vous forte afin que vos parents soient fiers de la Savoyarde que vous êtes et que le roi, qui vous prouve chaque jour son amitié, soit tout aussi fier de la Française que vous êtes devenue.

Je sus sans doute trouver les paroles qui la soulagèrent, car elle me sourit faiblement et me dit :

— Merci, mon amie.

Il y avait longtemps qu'elle ne m'avait pas donné cette marque d'affection et j'en fus bien heureuse.

Une autre fois, elle nous conta qu'elle s'était balancée sur l'escarpolette installée à Marly et que c'était le roi, en personne, qui l'avait poussée.

— J'aime beaucoup l'escarpolette. On peut y monter à plusieurs. C'est si amusant !

Son visage s'assombrit un moment. Il me parut qu'elle hésitait à parler, et lorsque la cloche sonna la fin de la récréation, elle me saisit la main et me souffla à l'oreille :

— La princesse de Condé et son époux m'ont poussée si violemment que j'ai manqué choir. Ma frayeur les a fait rire... et lorsque je suis descendue de l'escarpolette, la princesse a dit aux membres de la cour : « Voici un oisillon qui ne sait pas encore bien voler dans ce pays-ci[1] ! »

1. C'est ainsi que l'on nommait la cour.

— Vous auriez pu vous blesser.

— Certes. Oh, toutes les tracasseries que me font subir les princesses sont fort ennuyeuses.

— Il faut vous en plaindre à Sa Majesté.

— Il ne me paraît pas que ce soit la bonne solution. Le roi a déjà assez de soucis... et puis il aime beaucoup ses filles et je crains de le blesser en l'informant des agaceries dont elles m'accablent.

— Ah, ma pauvre amie...

— Allons, ne parlons plus de cela. Si je ne réponds point à leurs provocations, elles se lasseront.

Gabrielle et Rose-Blanche qui me reprochaient d'accorder trop d'importance à Marie-Adélaïde s'étaient prises, elles aussi, d'intérêt pour la princesse qui nous tirait de la monotonie de notre existence.

Lorsque nous nous retrouvions la nuit dans le lit de Gabrielle, c'était pour parler de Marie-Adélaïde :

— Il y a plusieurs jours qu'elle n'est point venue, regretta un soir Rose-Blanche.

— Je gage qu'elle sera là demain, répondis-je.

— Quelle tenue aura-t-elle ? La dernière fois, elle portait une jupe vert tendre brodée de fleurs du plus bel effet.

— Moi, j'ai préféré la robe rose et la mante pourpre qu'elle avait la semaine d'avant, cela seyait mieux à la blancheur de son teint.

— Quelle chance de pouvoir changer ainsi de vêture... J'avoue avoir de plus en plus de peine à supporter notre tenue quand je vois toutes les belles étoffes dont se pare Marie-Adélaïde, se lamenta Gabrielle.

— Et encore, je suis certaine qu'elle est habillée sobrement lorsqu'elle nous visite. D'ailleurs, elle n'a aucun bijou, sauf de rares poinçons dans les cheveux, dis-je.

Et nous rêvions de longues minutes aux robes, bustiers, jupons, bijoux que nous porterions si un jour, nous quittions cette maison pour épouser un gentilhomme fortuné.

Le lendemain, Marie-Adélaïde vint à nouveau à Saint-Cyr, gaie et toujours bavarde.

Elle nous expliqua ce qu'était la ramasse, sur laquelle elle était montée à Fontainebleau et qui l'avait beaucoup divertie :

— C'est une sorte de chariot que l'on appelle roulette et qui glisse sur une forte pente de 130 toises[1] ! La descente est vertigineuse ! Elle soulève les jupons, défait les coiffures les plus apprêtées et crispe le foie.

— N'avez-vous point peur ?

— Oh, si... mais c'est une peur qui fait hurler de joie. Les dames aiment beaucoup ce jeu et les

1. Environ 260 mètres. Il y en avait une à Fontainebleau et une à Versailles. Cette dernière fut transportée à Marly.

gentilshommes aussi... car il leur permet de voir un mollet et, lorsque la ramasse s'arrête enfin, les dames étourdies par la vitesse se laissent plus volontiers aller dans leurs bras.

— Oh... c'est tout à fait inconvenant ! s'insurgea Euphémie.

— Un peu... mais c'est aussi bien excitant. Lorsque je suis à ce jeu, le roi ne tolère auprès de moi que des membres de la famille royale et jamais mon fiancé. Il devra attendre notre nuit de noces avant de découvrir mon mollet !

Cette dernière phrase me frappa de stupeur. Quand Marie-Adélaïde serait mariée, elle ne reviendrait plus à Saint-Cyr et c'en serait terminé de notre amitié. Aussi, je demandai d'une voix tremblante :

— Et quand vous mariez-vous ?

— Le 7 décembre 1697. J'aurai douze ans et deux jours !

Un rapide calcul me permit de déduire que dans six mois Marie-Adélaïde quitterait définitivement Saint-Cyr et mon cœur se serra.

CHAPITRE

11

La princesse ne parla bientôt plus que des préparatifs de son mariage.

— En ce moment, M. le duc de Bourgogne et moi, nous répétons les pas de notre danse de mariage en présence de Mme de Maintenon et de Sa Majesté. Fort heureusement, c'est un art dans lequel j'excelle. Je m'y exerce depuis mon plus jeune âge. Mon fiancé évolue aussi avec beaucoup de grâce. Nous devons être parfaits, car tous les regards seront tournés vers nous.

— Oh, ce doit être bien éprouvant d'être le point de mire d'une si belle assemblée.

— Non point. Au contraire, et j'ai grande hâte d'être celle que l'on va ainsi admirer. Le roi veut la plus belle et la plus grandiose des cérémonies, car il est le premier roi à marier un petit-fils depuis le grand-père de Charles le Sage en 1350 !

— Il y a plus de trois cents ans ! compta Gabrielle.

— Si fait. Le roi qui, l'âge venant, s'habille avec simplicité s'est commandé un habit neuf magnifique et il veut que toute la cour fasse de même. J'ai ouï dire que certains gentilshommes et de nombreuses dames se ruinent pour se vêtir luxueusement. Ils ont dévalisé les marchands de soie, les bijoutiers, et il n'y a plus une once de dentelle d'or et d'argent dans Paris !

Elle rit.

Certaines demoiselles de la classe qui l'entouraient pincèrent les lèvres. Leurs parents aussi s'étaient ruinés pour servir leur roi, c'est pourquoi elles se retrouvaient à Saint-Cyr, loin de leur famille, en espérant que la dot du roi leur permettrait le mariage. Ne soupçonnant pas qu'elle avait pu nous blesser, Marie-Adélaïde poursuivit :

— Le roi a commandé aussi la plus belle des vaisselles pour servir les convives et les cuisiniers s'exercent déjà pour proposer des mets d'exception.

Nous l'écoutions, les yeux brillants de convoitise, mais elle ne s'en apercevait point. Elle ne nous narrait pas tous ces détails pour provoquer notre envie, mais uniquement afin de nous faire partager sa joie.

— Avez-vous choisi votre robe ? demandai-je.

— Le roi l'a choisie pour moi. Il paraît qu'elle est magnifique, mais je ne l'ai point encore vue. Ma tante m'a offert un coffret de bijoux et un portrait miniature du duc de Bourgogne. N'est-ce pas une gentille attention ?

Nous nous récriâmes en chœur que cela l'était, en effet.

— De plus, elle m'a écrit, de sa propre main, un livret de recommandations. Elle y a repris ce que l'on nous enseigne à Saint-Cyr. Elle me met fort en garde contre le mariage, en m'assurant qu'il ne m'apportera pas un bonheur absolu car les hommes sont moins affectueux que les femmes, qu'il ne faut jamais se plaindre, pleurnicher ou faire des reproches à son époux, mais qu'il faut, au contraire, user de gentillesse et de patience.

— Si ce n'est point pour être heureuse, ne vaut-il pas mieux renoncer au mariage ? questionna Euphémie.

— Alors il faut accepter de vous faire nonne, car une vieille fille n'a aucune place digne dans la société, assura Gabrielle. Quant à moi, je préfère le mariage, qui me donnera un rang, une maison à tenir et des enfants à chérir... pour le reste, je saurai m'en accommoder.

— À propos de maison, le roi vient de nommer la mienne : un maître d'hôtel, un surintendant, un secrétaire, un médecin et un chirurgien personnel, un chef de cuisine, des dames d'honneur, des pages, des garçons d'écurie, des domestiques. Cela fera cinq cents personnes environ.

— Cinq cents personnes pour vous toute seule ! s'exclama Rose-Blanche.

— Le roi affirme que c'est le nombre nécessaire afin que je puisse tenir correctement mon rang.

Je demeurais muette.

— Vous ne partagez point ma joie ? s'étonna la princesse.

Fâchée qu'elle ait remarqué ma retenue, je m'empressai d'affirmer :

— Si fait.

Puis j'ajoutai à voix plus basse :

— Je suis seulement peinée parce que nous ne vous verrons plus.

— Oh ! répliqua-t-elle, je n'abandonnerai pas ainsi des amies qui me sont chères et je vous promets de revenir le plus souvent possible passer quelques-uns de ces agréables moments de conversation et d'études avec vous.

Je hochai la tête, mais il me parut que ce n'était qu'une réponse polie. La vie à la cour avec son jeune époux lui ferait vite oublier sa promesse. Saint-Cyr n'était point un lieu de divertissement agréable pour une princesse. Et puis, je l'avoue, égoïstement, j'aurais voulu être la seule qu'elle regrettât.

Lorsque Marie-Adélaïde nous quitta au soir du 2 décembre, cinq jours avant la date de son mariage, j'étais persuadée de ne jamais la revoir.

Versailles

CHAPITRE

1

En m'éveillant au matin du 7 décembre, je pensai :

— Marie-Adélaïde doit être en train de se préparer pour son mariage.

Oh, comme j'aurais été heureuse d'être près d'elle afin de l'aider à lacer son corps, à passer ses jupons, à ajuster son bustier... C'était, me semblait-il, la place d'une amie. Mon cœur se serra... Elle n'en avait pas manifesté le désir, preuve que je n'étais pas vraiment son amie. Gabrielle et Rose-Blanche avaient raison lorsqu'elles m'affirmaient que la princesse avait, à la cour, des amitiés plus précieuses que la mienne.

— C'est le grand jour pour Marie-Adélaïde ! me souffla Gabrielle lorsque nous nous trouvâmes ensemble à la toilette.

— Oh, je l'envie ! ajouta Rose-Blanche, j'aimerais tellement, moi aussi, épouser un jeune gentilhomme !

— Silence, mesdemoiselles ! gronda notre maîtresse, je vous rappelle que ce jour d'hui est exceptionnel puisque, à Versailles, est célébré le mariage de Marie-Adélaïde de Savoie que nous avons eu le grand honneur d'accueillir dans notre maison. Nous allons donc assister à une messe donnée à l'intention des jeunes époux. Je vous demande d'exécuter les chants d'allégresse que vous avez appris comme si le roi, Mme de Maintenon, la princesse et le duc de Bourgogne assistaient à l'office.

Après le réfectoire, où je fus incapable d'avaler le pain et le bouillon que l'on nous servit, nous nous rendîmes à la chapelle. J'étais dans un état second comme si je n'étais point à Saint-Cyr mais dans le sillage de Marie-Adélaïde.

La chapelle, décorée par les élèves de la classe jaune de feuillages verts entrelacés de rubans blancs et bleus, avait une allure joyeuse assez peu habituelle. Il fallait vraiment que la gentillesse de Marie-Adélaïde ait frappé les esprits pour que l'on déroge à la rigueur de ce lieu, toujours très dépouillé.

Lorsque le prêtre nous exhorta à prier pour « le bonheur et la longévité des jeunes époux », je le fis de toute mon âme. J'étais si fort plongée dans la prière que seul un coup de coude de Rose-Blanche me rappela qu'il fallait à présent chanter le cantique. Je regrettai que ma voix ne soit point agréable, mais je fis semblant de chanter avec tant de conviction que j'étais certaine que Dieu accorderait sa bénédiction au jeune couple.

Je sortis de la chapelle épuisée, comme si mon bonheur à moi, ma vie même, venait de s'envoler afin d'augmenter les espérances de Marie-Adélaïde.

— Tu es toute pâle, murmura Rose-Blanche.

— C'est que... je n'avais pas faim ce matin et, à présent, mes jambes ne me portent plus.

— Je parierais plutôt que c'est la perspective de ne plus revoir la princesse qui te mine, ajouta Gabrielle.

— Mais non, que vas-tu chercher là ! la rabrouai-je.

Pourtant des larmes d'amertume et de déception me montèrent aux paupières et je baissai vitement la tête pour les cacher tandis qu'une phrase tournait en boucle dans ma tête : « C'est fini, je ne la verrai plus. »

Je m'en voulais de ne point parvenir à me réjouir de ce mariage qui comblait les vœux de ma princesse. Étais-je donc si méchante ? Je me jurais de faire pénitence en ne mangeant que du pain sec pendant une semaine.

J'écrirais aussi une lettre à Isabeau afin de lui redire le bonheur que j'aurais à venir la seconder dans son œuvre de charité dès que j'aurais atteint mes vingt ans.

J'agis comme je me l'étais promis.

CHAPITRE

2

Le lundi 9 décembre, alors que nous quittions le réfectoire après le repas de midi pour la récréation, les roues d'un carrosse résonnèrent sur les pavés de la cour.

— Une visite ! s'exclama Gabrielle.

— Sans doute Madame vient-elle nous proposer une conversation, supposa Euphémie.

— Madame se déplace en calèche et passe toujours par la porte du jardin, remarqua Rose-Blanche.

— Oh, si ce sont des prêtres lazaristes venus nous rabâcher leur morale, ils peuvent rester chez eux ! grogna Rosalie. Je ne les supporte pas. Ils sont aussi lugubres que des corbeaux.

Cette comparaison fit pouffer de rire mes compagnes. Je n'avais point l'esprit à rire... pourtant, mon cœur s'était mis à battre plus fort à l'arrivée de ce carrosse... Marie-Adélaïde revenait-elle pour quelques heures encore parmi nous ? Souhaitait-elle nous dire adieu ? Peut-être même nous présenter son époux ? J'aurais voulu courir vers la cour pour m'en assurer, mais comme les autres, je demeurai sagement à la rangette.

Nous allions atteindre la porte donnant sur le jardin, lorsqu'une novice vint chuchoter une phrase à l'oreille de notre maîtresse. Aucune émotion ne marqua son visage, elle nous annonça simplement :

— Mesdemoiselles, vous êtes attendues dans la salle de la communauté.

Nous nous lançâmes des coups d'œil surpris. Cette salle était réservée aux dames de Saint-Cyr et nous n'y pénétrions jamais. Il fallait donc que l'événement soit d'importance.

— Oh, là, là, que se passe-t-il de si grave pour que l'on nous rassemble ici ? s'inquiéta Gabrielle.

— Nous n'allons pas tarder à le savoir, lui répondit Rose-Blanche.

Lorsque nous entrâmes, les dames de Saint-Louis, nos maîtresses, les grandes de la classe bleue, les novices et même l'apothicairesse, la responsable du jardin, la cuisinière étaient déjà dans la pièce.

— Hou ! souffla Euphémie... tout Saint-Cyr est présent...

Notre maîtresse nous dirigea vers la droite où un espace était prévu pour nous.

L'angoisse noua nos estomacs.

Nous n'attendîmes point trop longuement. Une porte s'ouvrit, Marie-Adélaïde souriante parut. Elle était suivie de Mme de Maintenon et de deux novices qui portaient, sur leurs bras tendus, une lourde robe de brocart argenté. Au claquement de mains d'une maîtresse, nous plongeâmes toutes dans une parfaite révérence.

— Mesdames ! nous dit la princesse, j'ai vécu parmi vous des heures fort douces et agréables, aussi j'ai voulu vous faire partager un peu du bonheur de mon mariage en vous apportant ma robe[1].

Les deux novices semblaient ployer sous le poids du tissu.

La princesse s'éclipsa derrière un paravent que je n'avais point remarqué et, avec l'aide des deux novices et de Mme de Maintenon, elle se changea afin que nous puissions mieux juger de la beauté de la robe. Lorsqu'elle reparut, nous la fixâmes, émerveillées. La jupe, tissée de rubans argentés, était garnie de rubis et de diamants qui scintillaient dans la lumière des bougies qui, exceptionnellement, avaient été allumées dans la pièce. Cela donnait à cette toute jeune fille un côté majestueux et en même temps

---

1. Cet épisode est véridique. Marie-Adélaïde est bien venue à Saint-Cyr le 9 décembre 1697 pour montrer sa robe de mariée.

une certaine fragilité... comme si la tenue était trop imposante pour sa jeunesse.

— Et encore, nous dit-elle, vous ne voyez pas la magnifique coiffure que je portais, il y avait tant de poinçons d'or, de rubis, de diamants que je devais lutter pour garder la tête droite ! Les dames à mon service ont mis plus de trois heures à l'ajuster !

Pour nous permettre d'admirer la queue de six aunes[1] brodée de fils d'or et d'argent et décorée de diamants qui prolongeait sa jupe, elle tourna lentement. Les novices l'aidèrent dans ce mouvement, car l'étoffe devait peser fort lourd. La princesse rit, et ajouta :

— Lorsque les brodeurs enrichissent les étoffes de pierreries, aucun ne pense au poids que nos frêles épaules devront supporter. Et si Dangeau, mon chevalier d'honneur, et Tessé, mon premier écuyer, n'avaient point soutenu ma robe, je me serais écroulée sous son poids !

Mme de Maintenon pinça les lèvres. C'était un détail qu'elle aurait préféré taire.

Une bleue s'avança d'un pas et débita, au nom de nous toutes, un compliment à l'intention du jeune couple. Marie-Adélaïde remercia, puis disparut derrière le paravent en nous disant :

---

1. Une aune = 1,20 m. Celle de Marie-Adélaïde faisait donc 7,20 m.

— Ce n'est point une tenue que l'on peut porter longtemps et j'étais aussi heureuse de la revêtir que de l'ôter !

Chaque groupe se retira en silence.

Comment ? Tout était déjà fini ? Marie-Adélaïde allait partir après nous avoir fait admirer sa robe... et c'était tout. Je refoulai mes larmes. Montrer ma tristesse dans ce moment de liesse aurait été du plus mauvais effet.

— Un *Te Deum* va être chanté à la chapelle dans une heure, nous informa Mme de Maintenon, mais Marie-Adélaïde a souhaité vous conter la journée du 7. Je le lui ai accordé à condition toutefois que ce récit soit sobre et que vous n'en tiriez ni envie ni vanité. Puis-je compter sur vous ?

— Oui, Madame, répondîmes-nous de concert.

— Je vous laisse pour aller m'entretenir avec Mme de Fontaines.

Puis, se tournant vers notre maîtresse, elle ajouta :

— Je leur accorde quarante minutes de discussion, pas une de plus.

Enfin, avant de quitter la pièce, elle dit à la princesse :

— J'ai mandé que l'on vous apporte un siège.

— Je vous remercie, ma tante, mais ce ne sera pas nécessaire.

— Vous devez prendre l'habitude de tenir votre rang. Vous serez donc assise quand vos camarades resteront debout. C'est une question d'étiquette.

Marie-Adélaïde ne sembla pas approuver, mais ne répliqua pas. Elle qui appréciait par-dessus tout à Saint-Cyr l'absence d'étiquette ! Pourquoi fallait-il que, ce jour d'hui, Mme de Maintenon lui rappelle ces règles de bienséance ?

Lorsque Mme de Maintenon se fut retirée, Marie-Adélaïde s'exclama :

— Ah, mes amies, j'avais hâte de vous conter cette fabuleuse journée de samedi !

— Et nous de l'entendre ! ajouta Rose-Blanche.

— Dès l'aube, on s'affaira autour de moi pour me laver, me vêtir, me coiffer, me parer en présence de plusieurs princesses. Ce fut bien long. Enfin, peu avant onze heures, le marquis de Blainville, grand maître des cérémonies, suivi du sieur de Beauvilliers accompagna le duc de Bourgogne jusqu'à mes appartements. Le duc portait un manteau de velours noir brodé d'or, doublé de satin rose avec des broderies d'or, d'argent, un pourpoint blanc et or à boutons de diamant. Il ressemblait vraiment au prince des contes de fées et mon cœur se troubla. Je crois qu'il fut également fort ému en me voyant, car nous demeurâmes face à face muets, mais nos souris parlèrent pour nous. Il me saisit la main gauche et, tandis que Dangeau et Tessé soutenaient ma traîne, nous nous dirigeâmes vers le salon du roi où se tenaient les membres de la famille royale : Monsieur, Madame, Monseigneur et ses fils Berry et

Anjou, Mme de Chartres, Mlle de Condé, la princesse de Conti et d'autres encore.

— Comment étaient vêtues toutes ces dames ?

— Somptueusement. En fait, les princesses cherchèrent à rivaliser avec moi. C'est à celle qui aurait le plus de dentelles, de pierreries, d'or, d'argent sur sa tenue !

— Et le roi, comment était-il ? interrogea Euphémie.

— Il avait un costume tout de drap d'or, la taille ornée de broderies couleur cheveux[1] avec des pierreries et des perles sur l'étoffe. Ah, mes amies, je ne peux vous décrire la tenue de chacun, c'était un déluge d'étoffes précieuses, grises, vertes, incarnates, noires, de rubans multicolores, de dentelles, de pierreries : diamants, émeraudes, rubis, de perles. De ma vie, je n'avais vu autant de richesse et de luxe.

Nous étions suspendues à ses lèvres, impatientes d'en savoir plus, mais je suis bien certaine qu'une pointe d'envie vrillait le cœur de quelques-unes de mes camarades. Comment pouvait-il en être autrement quand nous étions réduites à garder toujours la même robe !

— Et que portait Mme de Maintenon ? demanda Gabrielle.

---

1. La couleur « cheveux » se retrouve souvent dans la correspondance de la Princesse Palatine (Madame, épouse de Monsieur, frère du roi). Il s'agit probablement d'une couleur « or ». Les chevelures blondes étaient très prisées à cette époque.

— Ma tante n'était point présente à la cérémonie. N'étant point, à proprement parler, membre de la famille royale, elle eut la délicatesse de se tenir à l'écart. L'étiquette est si importante à la cour de France !

Marie-Adélaïde soupira et reprit :

— La traversée de la galerie[1] fut une épreuve tant il y avait de courtisans massés jusque dans le grand escalier pour nous voir et être vus de Sa Majesté. Eux aussi étaient luxueusement vêtus, mais j'avoue ne pas avoir pu noter le détail de leur vêture.

— Peut-être mon père y était-il ? souffla Diane.

— Le mien aussi... mais j'aurais préféré qu'il vînt me visiter, ajouta Rosalie.

— Ah, si cela peut vous consoler, sachez que ni mes parents, ni ma chère sœur Marie-Louise, ni ma grand-mère ne furent présents à mon mariage. C'est vraiment la seule ombre à cette belle journée.

— Pourquoi donc vos parents ne sont-ils point venus ? s'étonna Gabrielle.

— Même si mon mariage doit servir à consolider la paix entre la France et la Savoie, les deux pays sont toujours en guerre et il était inconcevable que le duc de Savoie et son épouse mettent un pied en pays ennemi.

— Oh, il doit être en effet bien triste de n'être pas entourée de ses proches le jour de son mariage, dis-je.

_____

1. Il s'agit de la galerie des Glaces, mais à l'époque de Louis XIV on disait simplement « la galerie ».

Elle secoua la tête comme pour chasser cette pénible pensée et enchaîna :

— Asseyons-nous par terre, nous serons plus à l'aise pour la conversation.

Nous échangeâmes quelques regards surpris, mais Marie-Adélaïde insista :

— Je m'assois parmi vous, ainsi nous serons comme des amies en train de bavarder.

— Madame, s'interposa notre maîtresse, Mme de Maintenon vous a fait porter un siège et...

— Et je préfère être assise sur le sol, coupa Marie-Adélaïde avant de reprendre : La chapelle était tapissée de haut en bas, éclairée par des girandoles d'argent et décorée de fleurs odorantes. Je m'agenouillai sur un carreau au bas des marches de l'autel à côté de mon fiancé, le roi s'agenouilla sur son prie-Dieu. Au moment de dire « oui », Bourgogne se tourna vers le roi et le Dauphin son père, debout à ses côtés, pour demander leur consentement. De mon côté, je dus effectuer quatre révérences afin d'obtenir les consentements non seulement du roi et du Dauphin mais également ceux de Monsieur et de Madame qui sont mes grands-parents.

— N'étiez-vous point trop émue ? questionna Rose-Blanche. Il me semble qu'en pareille circonstance, et devant tous ces grands personnages du royaume, je serais tombée en pâmoison.

— Mme de Maintenon m'avait fait longuement répéter cette scène, par conséquent, je la jouais sans trop d'émotion, nous expliqua la princesse avant de poursuivre : Ensuite, le duc de Bourgogne me passa l'anneau nuptial au doigt et m'offrit, selon la tradition, treize pièces d'or, symbole de ses biens. À cet instant-là, je pris le titre de duchesse de Bourgogne.

— Est-ce que cela signifie que... que vous êtes la future reine de France ? interrogea timidement Euphémie.

La duchesse rit et expliqua :

— C'est le rang que j'occupe effectivement, mais Monseigneur le Dauphin sera sur le trône après son père. Son fils, le duc de Bourgogne, mon époux, devra attendre son tour. Et Dieu merci, notre roi se porte à merveille... alors il se peut que je ne sois jamais reine. Cela ne me soucie guère. Être l'épouse comblée du gentil duc de Bourgogne suffit à mon bonheur.

— Ah, madame, votre sagesse vous honore ! se permit de dire notre maîtresse qui suivait avec autant d'intérêt que nous le récit de Marie-Adélaïde.

— La messe achevée, le registre signé, je posai ma main sur le poing de Bourgogne pour la première fois et, marchant juste derrière le roi, nous nous rendîmes dans les appartements de feu la reine Marie-Thérèse, que Sa Majesté a fait aménager selon mes goûts. On servit le dîner dans l'antichambre sur une table en forme de fer à cheval. Toute la famille royale y assista ! À six heures, je reçus avec émotion les compliments de l'ambassadeur de Savoie et de quelques seigneurs piémontais.

Elle soupira une nouvelle fois et ajouta d'une voix vibrante d'émotion :

— Ce lien avec ma chère Savoie me réchauffa le cœur mais me fit ressentir aussi plus cruellement l'absence de ma mère et de ma sœur. À sept heures, on se réunit dans les appartements de Sa Majesté. Le roi n'y était point, il s'était rendu chez Mme de Maintenon et il y avait tant de presse qu'il ne parvenait plus à rentrer chez lui !

Nous sourîmes à cette évocation.

— Enfin, lorsqu'il fut parmi nous, nous accueillîmes le roi et la reine d'Angleterre venus nous faire compliment. On se rendit ensuite, en ordre, dans le grand appartement où l'on joua pendant trois quarts d'heure au portique[1]. Ensuite, nous passâmes dans la galerie pour voir le feu d'artifice tiré sur la pièce d'eau des Suisses. Une merveille ! Il paraît que l'ambassadeur de Venise pourtant habitué à ce genre de spectacle a assuré que c'était « le plus resplendissant que le monde ait jamais vu ».

1. C'est un jeu de paris. Il se compose d'une table circulaire ou ovale comportant une rigole extérieure et des arceaux (le portique) sur le pourtour. À l'intérieur se trouve une zone composée d'alvéoles numérotées. On lance une bille dans la rigole et elle doit pénétrer par l'un des arceaux pour s'arrêter dans une case numérotée. C'est un jeu très prisé à l'époque de Louis XIV.

— Quelle belle journée, vraiment ! s'enthousiasma Rose-Blanche.

— Attendez, ce n'est point terminé ! Il fallut bien souper ! Bourgogne ne me quitta point du regard, oubliant même de manger. Il était tout à fait charmant et je lui adressai mes souris les plus enjôleurs.

— Oh ! s'offusqua Euphémie.

— Nous sommes à présent mariés, se défendit Marie-Adélaïde.

Elle arrangea l'étoffe de sa jupe de soie et parut hésiter un instant à nous conter la suite :

— Après le souper, le cardinal Coislin procéda à la bénédiction du lit conjugal, puis Louis de Bourgogne alla se déshabiller dans son cabinet et je fis de même dans ma chambre. Mme la duchesse du Lude avait l'honneur de présenter ma chemise à la reine d'Angleterre qui me la passa. C'est Beauvilliers qui eut l'honneur de tendre la chemise au roi d'Angleterre afin qu'il la passe à Bourgogne.

— Ces histoires de chemises sont curieuses, remarqua Gabrielle.

— Il s'agit encore de l'étiquette et il faut s'y soumettre. Enfin, un gentilhomme écarta la courtepointe du lit garnie de dentelles au point de Venise et je m'y installai. Bourgogne vint s'allonger sur le côté droit. Le roi fit alors entrer toute la cour et l'ambassadeur de Savoie chargé de rendre compte de la scène à mon père. Ensuite, tout le monde se retira, sauf

Monseigneur et mon fiancé qui restèrent quelques instants pour deviser avec moi. Avant que le duc de Bourgogne ne quitte le lit, son père lui permit de me baiser la joue. Il y avait dans son regard beaucoup de tendresse et la promesse d'un bonheur sans nuage.

— C'est ce que nous vous souhaitons, madame, assura notre maîtresse.

— Oh, oui, reprîmes-nous en chœur.

— Mais pour que nous soyons vraiment mari et femme, nous devons encore patienter deux ans... ce sera fort long quand on a un si gentil mari qui vous attend, ajouta Marie-Adélaïde.

— Il est bientôt l'heure de nous rendre à la chapelle pour le *Te Deum*, relevez-vous et remettez un peu d'ordre dans vos tenues afin que... que vous ne soyez point réprimandées, nous conseilla Mme de Glapion.

Nous lui obéîmes, mais j'eus du mal à quitter le monde enchanteur que Marie-Adélaïde venait de nous décrire, et les soupirs de mes compagnes me prouvèrent que je n'étais point la seule.

En sortant de la chapelle, Marie-Adélaïde allait regagner Versailles et ne plus revenir à Saint-Cyr. Mon cœur se serra.

Cependant, alors que je passais près d'elle, elle me saisit le bras et murmura :

— Je ne vous oublie point.

Je lui répondis avec tristesse :

— Moi non plus, je ne vous oublierai point.

— Il ne s'agit pas de cela, répliqua-t-elle.

— Silence, mesdemoiselles, ne me faites pas regretter de vous avoir laissé un peu plus de liberté que le raisonnable, gronda Mme de Glapion.

— Je vous veux comme demoiselle d'honneur, me glissa-t-elle à l'oreille.

CHAPITRE

3

Je passai une abominable journée, car j'oscillais entre la joie procurée par cette nouvelle et le doute affreux que la princesse n'ait lancé cette phrase dans le seul but de me réconforter à peu de frais. Suivant les moments, je penchais pour la première solution qui me donnait envie de rire et de chanter, puis pour la seconde qui me plongeait dans la tristesse et la colère.

Évidemment, je ne parlai à aucune de mes camarades de cette proposition. Elles risquaient de me prouver, par un raisonnement approprié, qu'il s'agissait d'une chimère.

Cette nuit-là, je feignis de dormir pour ne point me joindre aux bavardages de Gabrielle et Rose-Blanche ;

pourtant, je demeurai de longues heures les yeux ouverts.

Mille questions me taraudaient. Nos moments de complicité, de rires, de communion avaient scellé entre nous une amitié qu'elle ne pouvait pas bafouer. Qu'elle ne souhaite pas rompre notre amitié en s'éloignant de Saint-Cyr était, après tout, plausible... Mais elle pouvait aussi prolonger ce lien en demandant simplement l'autorisation de m'écrire...

D'un autre côté, il était possible qu'elle ait envie d'avoir à ses côtés une amie de son âge et qu'elle m'ait choisie...

Les battements de mon pouls s'accélérèrent à cette douce pensée... mais il me sembla tout à fait improbable que Marie-Adélaïde réussisse à imposer son choix.

Bien que mes parents fussent de vieille noblesse, ils n'étaient jamais parus à Versailles et n'étaient donc point connus de Sa Majesté, alors que des centaines de familles intriguaient pour faire leur cour, présenter leur fils afin qu'il devienne page et leur fille pour n'importe quel emploi auprès de la famille royale. Vivre dans l'entourage du roi était un tel privilège !

Et puis, même si Marie-Adélaïde avait réussi à obtenir l'accord de Sa Majesté, il aurait été surprenant que Mme de Maintenon me laissât quitter

Saint-Cyr alors qu'elle n'avait cessé de nous mettre en garde contre la vie dissolue de la cour.

Non, non, je n'avais aucune chance d'entrer au service de Marie-Adélaïde.

Des larmes de désespoir coulèrent lentement sur mes joues.

Je tâchai de me raisonner : mon destin était de suivre Isabeau et non Marie-Adélaïde. Je ferais donc le bonheur d'Isabeau en l'aidant dans sa tâche et, du même coup, j'assurerais mon salut en répandant le bien autour de moi.

Cette pensée réussit à me consoler et je finis par m'endormir.

Le lendemain, alors que nous allions pénétrer dans notre classe après la récréation de deux heures, une novice s'approcha de notre maîtresse et lui parla à voix basse.

— Marsanne, me dit-elle, Madame vous attend dans son bureau.

Une bouffée de chaleur m'empourpra. Isabeau m'avait avertie. Lorsque nous étions personnellement appelées dans le bureau de Mme de Maintenon, c'était toujours pour une grave raison : le décès de l'un de nos proches, l'annonce qu'un gentilhomme avait décidé de nous épouser, ou encore une sévère réprimande concernant notre conduite.

Je me souvins que le père et le frère de Catherine Beaulieu avaient été tués lors de la triste bataille de Namur[1] et que Madame le lui avait annoncé quelques jours plus tard dans son bureau. Nous avions entendu ses cris de douleur en passant devant la porte pour nous rendre à la chapelle où une messe avait été célébrée en mémoire des défunts.

Je n'avais pourtant point souvenance qu'il y ait, pour l'heure, de grandes batailles et j'ignorais si mon père avait les moyens de lever une armée pour servir son roi.

Je jetai un regard anxieux à Gabrielle et un autre à Rose-Blanche, qui me décochèrent un souris discret d'encouragement.

Les jambes flageolantes, je suivis la novice.

Lorsque je pénétrai dans la pièce, Madame était assise dans une chaise à bras et, comme à son habitude, toute de noir vêtue.

Je lui adressai une courte révérence, les yeux baissés tout autant par politesse que par la crainte que j'avais de lire le courroux ou la peine sur son visage.

— Ah, Marsanne, commença-t-elle, le destin est parfois étrange...

Elle soupira. Moi, je ne respirais plus. Elle allait, à coup sûr, m'annoncer le décès de mon père ou de ma mère.

---

1. Perte de Namur en septembre 1695.

— On s'engage dans une voie et le ciel vous en désigne une autre, poursuivit-elle.

Toutes ces tergiversations avant de m'annoncer la nouvelle me mettaient à rude épreuve. Je bandai toutes mes forces pour ne point m'écrouler.

— Je vous destinais à devenir Fille de la Charité afin que vous puissiez seconder votre sœur dans l'éducation des fillettes pauvres de la paroisse de Saint-Cyr... et voilà ce beau projet bouleversé.

Elle garda un moment le silence, comme si elle réfléchissait au sort qui m'incombait.

Moi, je pensais : « Si Madame a consenti à annuler ce projet qui lui tenait tant à cœur, c'est qu'une nouvelle situation grave l'y a contrainte : le décès de mon père pourrait-il en être la cause ? À moins que, ma mère disparue, mon père ne me rappelle auprès de lui pour tenir sa maison ? Ou alors, un vieux courtisan, que le roi veut remercier pour ses nombreux services rendus à la Couronne, souhaite m'épouser. »

L'air me manqua, une sueur glacée perla dans mon cou. Mes mains étaient moites. Je fis un effort surhumain pour ne pas tomber en pâmoison.

Elle ne parut pas s'apercevoir de mon trouble, car elle reprit :

— Mme la duchesse de Bourgogne souhaite que vous entriez à son service comme demoiselle d'honneur.

J'étais si nerveuse que mes oreilles bourdonnaient. Avais-je bien entendu ? Je n'osai pourtant point faire répéter Mme de Maintenon et je fus muette quelques secondes.

— Il me semble que vous ne mesurez pas l'honneur qui vous est fait, me sermonna-t-elle.

J'avais donc bien entendu. Mais la nouvelle était si incroyable que je me troublai et balbutiai :

— C'est-à-dire que...

— Je comprends votre hésitation. Vous préféreriez demeurer dans cette maison vouée à l'instruction, à la prière et à la paix... Il est vrai que vous avez toutes les capacités voulues pour devenir religieuse et...

Mon esprit se réveilla tout soudainement. Mon vœu le plus cher était en passe de se réaliser, je ne devais pas laisser fuir ma chance, aussi j'assurai :

— Je me plie de bonne grâce aux exigences de Mme la duchesse de Bourgogne.

— Elle est si jeune. Elle n'a autour d'elle que des adultes. Une demoiselle de son âge, pieuse, obéissante et bien éduquée lui sera une bonne compagnie. Aussi, lorsqu'elle a prononcé votre nom, j'étais assez satisfaite, même si cette proposition vous détourne, pour un temps du moins, de votre mission divine.

Je contins ma liesse et, afin de prouver que j'étais la demoiselle parfaite pour le rôle, je répondis sagement :

— Je vous suis infiniment reconnaissante, Madame, et je ferai de mon mieux pour ne point vous décevoir.

Elle croisa sur sa gorge le vaste châle de lainage noir qui entourait ses épaules, comme si un vent coulis venait de souffler, puis elle me dit du ton de la confidence :

— J'espère que je n'aurai pas à regretter ce choix. La cour, je vous l'ai souvent affirmé, est le lieu de bien des excès... et une demoiselle innocente comme vous risque de se laisser entraîner... Si cela était, j'aurais grande peine à vous avoir détournée de Saint-Cyr.

— Ne craignez pas cela, Madame. J'aurai tant à cœur de servir au mieux Mme la duchesse que tout le reste me sera indifférent.

Mme de Maintenon opina du chef et poursuivit :

— La princesse vous apprécie beaucoup, elle m'a même affirmé qu'une amitié sincère était née entre vous... Cela me rassure. Une amitié vraie est si rare...

Alors, emportée par cette joie qui montait en moi, j'assurai :

— Oh, Madame, je donnerais ma vie pour Marie-Adélaïde !

— Allons, s'exclama-t-elle, souriant de mon enthousiasme, il me semble que ma filleule n'a point trop mal choisi sa demoiselle d'honneur.

CHAPITRE

4

On ne me laissa pas le temps de dire adieu à mes amies.

— Nous le ferons en votre nom, argumenta notre maîtresse.

Je gageais que le véritable motif de mon départ ne leur serait peut-être pas révélé afin qu'il n'y ait aucun sentiment d'envie. Je regrettais cependant de partir ainsi. J'avais l'impression de quitter Saint-Cyr après avoir commis une vilaine action, comme cela avait été le cas pour Gertrude[1] dont Isabeau m'avait conté la triste aventure.

Je chassai ce pénible sentiment de mon esprit et je m'efforçais d'avancer la tête haute derrière Mme de

1. Lire *Gertrude et le Nouveau Monde.*

Maintenon tout en adoptant une attitude point trop orgueilleuse qui aurait pu l'indisposer. Ce n'était pas aisé.

Nous montâmes dans une calèche légère dont le cheval piaffait à la porte du jardin. Avant que le cocher ne fouette, je me retournai, espérant apercevoir une camarade. Mais à cette heure, elles étaient toutes en classe, s'étonnant sans doute de mon absence.

J'embrassai le bâtiment du regard. Il serait faux d'affirmer que j'étais triste de partir. Certes j'avais, à Saint-Cyr, de bonnes amies, mais depuis que j'avais rencontré Marie-Adélaïde, je mesurais ce que notre existence avait d'étriqué. Ailleurs, la vie paraissait plus exaltante. Pourtant, une petite pointe d'appréhension me noua la gorge... Et si en quittant ce lieu paisible, j'allais au-devant des pires difficultés ?

— Marie-Adélaïde vous attend avec impatience, me dit Mme de Maintenon lorsque la voiture s'ébranla.

— Je serai heureuse de la servir.

— Je compte sur votre influence pour que la princesse s'assagisse un peu... Elle est si impulsive !

— Je ferai de mon mieux.

Après cette brève conversation, la marquise tira un chapelet d'une petite bourse en tissu pendue à sa ceinture et, après avoir remonté sur nos genoux l'épaisse couverture qui nous protégeait du froid de décembre, elle pria en fermant les yeux.

Moi, au contraire, je les gardais grands ouverts, afin de ne rien perdre du paysage. Depuis le voyage qui m'avait conduite du Languedoc à Saint-Cyr, je n'avais pas remis le nez en dehors des murs de notre maison et un sentiment de liberté me faisait vibrer. Je souriais béatement et j'étais heureuse que Madame ne voie pas mon joyeux état. Je me tordais le cou pour apercevoir plus vite le château qu'Isabeau m'avait décrit avec force superlatifs.

Quel dommage qu'en cette saison la nature soit endormie ! Les arbres et les bosquets sans feuille ne donnaient point au jardin la beauté à laquelle je m'étais attendue. Cependant, lorsque le Grand Canal se profila à main gauche, je n'en crus pas mes yeux, tant il était long et large. Nous le longeâmes un moment. J'aperçus des embarcations amarrées contre une rive et je regrettai de ne point en voir voguer sur l'eau.

En levant les yeux, entre les oreilles de la jument qui trottait allégrement, je vis enfin le château. J'avoue avoir été un peu déçue. Je ne sais pourquoi, mais j'avais imaginé des tours s'élançant vers le ciel, des tourelles, une imposante hauteur de construction. Or, la façade était assez plate et point très élevée.

Un peu plus loin, nous laissâmes à main gauche un étrange bâtiment octogonal, je me penchai du côté de la marquise pour mieux le distinguer et, sans le vouloir, je lui heurtai l'épaule.

— Cessez donc de vous agiter ! me gronda-t-elle. Vous êtes aussi remuante que Marie-Adélaïde ! Or, c'est pour votre sagesse que j'ai accepté de vous nommer demoiselle d'honneur. Ne me le faites point regretter.

— Je vous prie de bien vouloir m'excuser... mais tout cela est si nouveau pour moi, me défendis-je.

La marquise soupira et ajouta :

— Nous arrivons. Souvenez-vous de mes consignes.

— Oui, Madame.

Lorsque la calèche s'arrêta à quelques pas d'une porte, une servante se précipita pour aider Mme de Maintenon à quitter le véhicule. Je sortis de mon côté le plus calmement possible en ayant soin de ne point me prendre les pieds dans mes jupons et en évitant de montrer mes chevilles. Je voulais être parfaite pour ne point encourir de remontrance.

Soudain, par la porte ouverte, jaillit Marie-Adélaïde qui se précipita vers moi en poussant des cris de joie :

— Ah, quelle chance ! Vous voilà ! Je vous guettais de la fenêtre depuis des heures ! Je suis si contente que vous soyez venue ! Nous allons devenir les meilleures amies du monde...

Elle avait saisi mes mains dans les siennes et je pense que si Mme de Maintenon ne lui avait point adressé un regard réprobateur, elle se serait jetée dans mes bras.

— Où est votre dame d'honneur ? interrogea Mme de Maintenon.

— Elle me suit, mais elle ne court pas assez vite, s'amusa Marie-Adélaïde.

Mme de Maintenon leva les yeux au ciel.

— Ne vous fâchez point, ma chère tante. Je vous promets de m'efforcer de ressembler à la sage Victoire.

— J'en accepte l'augure, répondit Madame en hochant la tête dubitativement.

— Permettez-vous que je lui montre la ménagerie ? demanda Marie-Adélaïde.

La marquise hésita. Je gage que ce n'était pas le projet qu'elle avait pour l'immédiat, mais comme Marie-Adélaïde s'était approchée d'elle et lui avait pris la main pour la flatter, elle finit par accepter en ajoutant :

— Attendez Mme du Lude, et prenez votre mante, l'air est frais !

— Je n'ai plus besoin de Mme du Lude puisque Victoire est avec moi, et nous emprunterons la calèche pour nous protéger du froid !

Avant que Mme de Maintenon n'ait pu la retenir, elle s'engouffra dans la calèche en me tirant par le bras, puis ordonna au cocher de fouetter.

— Vous verrez, la ménagerie est un endroit tout à fait charmant... et elle est à moi ! Le roi me l'a offerte. Je peux l'aménager selon mes goûts. Il y a déjà beaucoup d'animaux, mais je vais en faire venir d'autres de tous les pays lointains. Bientôt, je pourrai y donner des collations et même y organiser de grandes fêtes avec de la musique, de la danse, des feux d'artifice ! Heu... non, pas de feux d'artifice, les explosions affolent les bêtes...

Elle était gaie et volubile... cela me changeait tant du silence de Saint-Cyr que la tête me tourna un peu.

Nous arrivâmes bientôt devant le bâtiment octogonal que j'avais aperçu en venant. Des chants d'oiseaux, des piaillements, et toutes sortes de cris inconnus de moi me parvinrent. Il y avait aussi les bruits caractéristiques d'ouvriers en plein travail. Un homme se précipita à notre rencontre, s'inclina et s'excusa :

— Madame la duchesse aurait dû me prévenir... j'aurais nettoyé le chantier afin qu'elle pût admirer l'avancement des transformations.

Marie-Adélaïde chassa de la main ces réflexions et, sans s'occuper du maître de chantier, elle souleva le bas de sa robe et entra dans le bâtiment. Les ouvriers arrêtèrent leur travail et, l'outil à la main, s'inclinèrent devant nous. Un nuage de poussière ne nous permit pas de distinguer grand-chose et nous dûmes mettre notre mouchoir sur le nez pour pouvoir respirer plus commodément. Les odeurs de plâtre, de peinture, de dorure, mêlées aux effluves des bêtes n'étaient pas des plus agréables. Marie-Adélaïde prit le parti d'en rire :

— Pour l'heure, j'en conviens, ce n'est point un lieu fréquentable, mais d'ici quelques mois, ce sera magnifique. Les peintures représenteront des animaux d'Afrique et d'Asie. Par là, il y aura un bel escalier qui conduira aux balcons d'où l'on dominera les enclos des bêtes. Suivez-moi !

Comme elle, je remontai mes jupons et je gravis les degrés.

— Voyez l'éléphant, s'il est gros ! me dit-elle... à côté, vous avez deux tigres du Bengale et là-bas des gazelles... plus loin des flamants roses et dans la volière, au centre, des milliers d'oiseaux de toutes les couleurs !

J'avais bien vu des dessins de ces animaux dans un livre que nous avions à Saint-Cyr, mais jamais je n'aurais pu imaginer les voir un jour en chair et en os ! La masse de l'éléphant m'impressionna, les tigres me parurent puissants et leurs mâchoires fort dangereuses, mais j'admirai les gracieuses gazelles, les flamants roses, les perroquets et les oiseaux.

— J'en veux beaucoup d'autres ! s'enthousiasma Marie-Adélaïde, et surtout des singes. Il paraît qu'il en existe des centaines d'espèces différentes... Ce sera très amusant. Les singes sont toujours très drôles !

Puis, tout à coup, elle m'examina et s'exclama :

— Ciel, vous avez toujours ces affreux habits de Saint-Cyr ! Il vous faut des vêtements neufs et colorés ! Retournons vite dans mes appartements, nous convoquerons le tailleur, la lingère, la modiste, le corsetier et, en attendant que vous ayez vos propres attifements, je vous donnerai quelques-unes de mes robes ! J'en ai des coffres pleins et je ne parviendrai pas à les porter toutes !

Une fois de plus, son débit de paroles me laissa sans voix. Elle me prit gaiement par la taille et nous regagnâmes la calèche qui nous ramena au château.

Il me sembla que la vie que j'allais à présent mener n'aurait rien de l'existence calme et sage que j'avais connue à Saint-Cyr... Ce n'était point pour me déplaire.

CHAPITRE

5

En pénétrant dans son appartement, je n'avais point assez d'yeux pour tout admirer.

— C'était l'appartement de la reine, puis de Madame la Dauphine, m'expliqua Marie-Adélaïde. Le roi les a fait réaménager pour moi. Il y a quatre grandes pièces. Il paraît qu'à Versailles c'est un luxe. À Turin, nous avions toute la place que nous voulions, mais l'on m'a affirmé qu'à Versailles, qui vient pourtant juste d'être construit, on était déjà à l'étroit.

Je fus interloquée par la splendeur des marbres rouges et blancs de la salle des gardes. Marie-Adélaïde me poussa alors un peu en plaisantant :

— Avancez, mon amie, vous n'avez encore rien vu ! Voici la grande salle où je pourrai donner des bals, puis le salon des Nobles dans lequel je dois

accueillir les ambassadeurs, et enfin ma chambre...
et regardez dans l'alcôve, une porte conduit à un
cabinet particulier et à une salle de bains... il y a
même un passage secret menant aux appartements
de Sa Majesté.

Dans la chambre, il y avait six dames. La plus âgée
s'avança alors vers la duchesse et lui dit :

— Puis-je vous rappeler, madame, que vous rece-
vez les membres de la famille royale à cinq heures
et que le roi sera chez vous vers sept heures ?

— Je m'en souviens parfaitement, madame du
Lude. Pour l'heure, je vous présente Victoire de
Marsanne, ma nouvelle demoiselle de compagnie,
mais surtout une excellente amie. Et vous, Victoire,
je vous présente Mme la duchesse du Lude, Mme la
comtesse de Mailly, Mme la marquise de Dangeau,
Mme la marquise du Châtelet, Mme de Roussy et
Mme de Montgon.

Mme du Lude et Mme de Mailly, les plus âgées,
m'accordèrent un souris de bienvenue, mais sur le
visage des deux plus jeunes, Roussy et Montgon,
une moue méprisante se dessina. Marie-Adélaïde ne
s'aperçut pas du malaise qui s'installa aussitôt et
poursuivit :

— Victoire vient de la Maison Royale de Saint-
Louis et elle a besoin de hardes.

Aussitôt, deux dames et une femme de chambre,
qui, je le sus plus tard se nommait Marguerite de

La Borde, pénétrèrent dans une petite pièce obscure attenante à la chambre et nous les suivîmes. Marie-Adélaïde extirpa, sans grand ménagement, de plusieurs coffres, jupes, jupons, bustiers, bas, souliers, rubans, puis elle m'expliqua :

— Cette soie couleur paille s'harmonise bien avec la nuance de votre chevelure. Elle vous sied mieux qu'à moi ! Quant à cette étoffe carmin, elle met en valeur votre carnation de brune alors qu'elle donne des reflets rougeauds à ma peau claire.

Elle nouait des rubans dans mes cheveux, plaçait des dentelles sur ma gorge et s'extasiait :

— Vrai, que vous êtes jolie ! La tenue de Saint-Cyr ne vous convenait pas du tout. Nous allons changer tout cela ! Marguerite, coiffez donc mon amie à la mode de la cour, et puis vous l'habillerez, vous la farderez. Je veux qu'elle soit belle. Ce soir, je la présente au roi, à Bourgogne, à Berry, à Toulouse... enfin à toute la cour !

— Oh, non, pas déjà ! m'inquiétai-je.

— Et pourquoi donc ? Vous devez connaître les gens de ce pays-ci puisque vous allez vivre avec eux et avec moi !

— Je... je ne saurai pas... j'ignore les règles de l'étiquette. Je risque d'être maladroite et de me couvrir de ridicule.

— Je vous indiquerai tout ce que vous devez faire. De toutes les façons, vous ne pouvez me refuser. Un bal est donné par Sa Majesté pour fêter l'union de son petit-fils avec moi !

Je m'affolai :

— Un bal... mais je...

— Oh, vous verrez, rien n'est plus agréable que la danse. Et même si l'on ne danse pas, regarder évoluer les autres est un plaisir. Et puis, il faut vous y habituer, le roi a ordonné quinze jours de festivités pour mon mariage, et j'ai bien l'intention d'en profiter !

Elle avait réponse à tout. Je me tus donc et je m'assis devant sa somptueuse toilette[1].

— Un cadeau du roi, m'apprit-elle.

Alors que la servante s'occupait à me blanchir le teint, à me poudrer, me coiffer, bouclant mes mèches brunes et les entrelaçant de rubans, l'angoisse monta en moi. La perspective d'entrer dans ce monde qui m'était inconnu m'effrayait. J'en vins, un moment, à regretter l'existence si rassurante de Saint-Cyr.

Après des heures à souffrir sous le peigne, une demoiselle m'apporta les jupons qu'elle venait de défroisser et m'aida à me vêtir. Pendant que l'on m'apprêtait, Marie-Adélaïde avait revêtu une jupe d'étoffe d'or somptueuse. Jamais je n'avais rien vu

---

1. Table de bois souvent très travaillée, recouverte d'une riche étoffe parfumée. Celle offerte à Marie-Adélaïde est l'œuvre d'un orfèvre réputé : Nicolas de Launay (1646-1727).

d'aussi beau. Elle dut lire la stupéfaction dans mon regard, car elle me dit :

— Elle est magnifique, n'est-ce pas ? Sa Majesté l'a commandée pour moi. Ce soir, je dois tenir mon rang de première dame du royaume, devant la reine d'Angleterre qui sera présente. C'est très excitant et aussi un peu impressionnant de penser qu'à douze ans je suis plus importante que Mme de Maintenon, Madame l'épouse de Monsieur et même que la reine d'Angleterre !

Elle gloussa comme s'il s'agissait d'une farce, puis, retrouvant son sérieux, elle s'inquiéta :

— Las, les princesses qui occupaient la place à côté du roi n'apprécieront certainement pas d'être reléguées derrière moi.

Elle chassa ses soucis d'un revers de la main, puis s'installa devant sa toilette pour que les servantes achèvent d'arranger sa coiffure.

— Vous n'êtes pas mal du tout, vous aussi, ajouta-t-elle en me désignant le miroir.

J'eus de la peine à me reconnaître tant la robe et la coiffure me transformaient.

— Tous les courtisans vont succomber à votre charme, plaisanta Marie-Adélaïde, et je ne donne pas deux mois avant qu'une foule de prétendants viennent vous supplier à genoux de les épouser !

J'étais si étourdie par ma métamorphose que je ne trouvais rien à lui répondre.

— D'ailleurs, je vous présenterai quelques gentils-hommes qui feraient des époux tout à fait convenables, enchaîna-t-elle.

Je rougis.

— Je ne veux point me marier. J'ai quitté Saint-Cyr pour être près de vous et vous servir.

— L'un n'empêche pas l'autre et je voudrais que vous fussiez aussi heureuse que je le suis avec un bon époux. Ainsi, nous serions heureuses ensemble.

Tandis que la servante fixait dans sa chevelure quelques poinçons ornés de perles, elle réfléchit et dit :

— Charles, le duc de Berry[1], vous conviendrait parfaitement. Il est toujours gai et tout à fait charmant. Certes, il est encore trop jeune pour se marier, mais si vous savez le séduire et aussi plaire au roi, il patientera quelques années.

— Oh, madame... protestai-je.

Elle me coupa la parole pour insister d'un ton chagrin :

— Non point « madame », je vous le répète ! Appelez-moi Marie-Adélaïde, ou vous me fâcherez.

Je repris donc :

— Voyons, Marie-Adélaïde, je ne suis pas digne d'épouser le petit-fils du roi !

---

1. Charles, duc de Berry (1686-1714), est le troisième fils de Monseigneur le Grand Dauphin et donc le petit-fils de Louis XIV. Ses frères sont Louis, duc de Bourgogne, époux de Marie-Adélaïde, et Philippe, duc d'Anjou.

— Ah, mais si Cupidon plante sa flèche dans le cœur de Berry, je suis certaine qu'il est de la trempe de ceux qui abattent des montagnes pour épouser la femme qu'il aime.

Elle se tourna vers moi, le souris aux lèvres.

— Et si Berry ne succombe point à votre charme, je vous en présenterai d'autres. Je ne parle point de Philippe, celui-là, il me semble qu'il conviendrait tout à fait à ma sœur, Marie-Louise. J'aimerais tant qu'elle vienne me rejoindre à Versailles ! Ainsi j'aurais auprès de moi mes deux amies les plus tendrement chéries !

— Vous me faites trop d'honneur, répondis-je touchée par cet aveu.

Elle hocha la tête et poursuivit son idée :

— De toutes les façons, la cour de France regorge de beaux partis et je me fais fort de vous en dénicher un jeune, beau et riche !

Je ne me sentais pas du tout prête pour le mariage et j'étais assez gênée que, dès mon arrivée, elle veuille me trouver un époux.

CHAPITRE

6

Marie-Adélaïde avait à peine fini de se préparer que le roi pénétra dans sa chambre avec la simplicité d'un grand-père venant voir sa petite-fille. Je fus si surprise par cette visite que je me reculai dans l'embrasure d'une fenêtre afin d'être cachée par le rideau. Le roi était superbement vêtu d'un habit de velours noir garni de broderies d'or et de boutons de diamants. Je ne l'avais vu que trois fois à Saint-Cyr, vêtu fort sobrement, et ce costume si somptueux m'impressionna.

— Ma fée est-elle prête ? s'enquit-il.

— À l'instant, monsieur, assura Marie-Adélaïde en se levant.

Elle tourna doucement sur elle-même pour se laisser admirer.

— Vous êtes ravissante... Ce soir, tous les regards seront pour vous, car, je vous l'assure, aucune des dames portant de grands noms, aucune marquise, aucune baronne et même aucune princesse n'a votre grâce...

— Vous êtes un flatteur, grand-papa.

Le roi éclata de rire. Ce qui me parut parfaitement incongru. Jamais je n'aurais pu imaginer que le roi pouvait rire ainsi.

Marie-Adélaïde vint me tirer de ma cachette. Je m'avançai pour faire la révérence que nous avions si bien apprise à Saint-Cyr, mais le poids de mes jupons et la lourdeur de ma coiffure me gênèrent fort. Elle n'était donc pas bien réussie et je crus en mourir de honte. Il me parut même entendre une dame d'honneur se moquer de ma maladresse.

— Monsieur, voici ma nouvelle demoiselle d'honneur qui est aussi mon amie, Victoire de Marsanne.

— Bienvenue parmi nous, me dit-il. J'espère que vous servirez la princesse avec dévouement.

— Oh, oui, Majesté !

— Je suis si contente d'avoir une amie de mon âge ! s'enthousiasma Marie-Adélaïde, et je vous remercie d'avoir accepté qu'elle quitte Saint-Cyr.

— Vous avez su être convaincante, et puisque vous êtes contente, je le suis aussi. Mais passons au salon où l'on nous attend.

Que devais-je faire ? Guetter un ordre de Marie-Adélaïde ? La suivre discrètement ? Et à quelle distance d'elle devais-je marcher ? Est-ce que d'autres dames d'honneur étaient conviées ? Si je pouvais espérer l'aide des plus âgées, je savais que je devrais me méfier de Roussy et Montgon. Marie-Adélaïde m'avait appris l'importance que Sa Majesté attachait à l'étiquette, et l'idée de commettre un faux pas me paralysait.

Marie-Adélaïde allait quitter sa chambre lorsqu'elle se retourna vers moi et me fit un signe pour que je la suive. Je passai donc devant Roussy et Montgon. Le regard haineux qu'elles me lancèrent me transperça. Je ne l'avais pourtant point mérité. Je mesurai, à cet instant, qu'être distingué par les proches du roi était un honneur si incommensurable que certains, et même certaines, étaient prêts à tout pour ne pas le perdre. Cela me mit mal à l'aise et me gâcha un peu le plaisir que je pris à cette soirée.

Dans le salon où nous pénétrâmes, dames et gentilshommes tous somptueusement vêtus devisaient. Les parfums mêlés de tous ces gens entassés depuis certainement un long moment m'indisposèrent.

Quelques personnes ne m'étaient point tout à fait inconnues pour les avoir aperçues à Saint-Cyr, mais leur coiffure recherchée, leur vêture était si différente de la simplicité demandée dans notre maison que j'étais incapable de leur donner un nom. Et puis comme, afin de ne point paraître insolente, je gardais le regard baissé, il m'était difficile de les observer. Par contre, je reconnus la reine d'Angleterre qui nous avait visitées plusieurs fois. Elle était assise sur un fauteuil à côté de son époux.

Trois jeunes gentilshommes se tenaient debout côte à côte, l'un vêtu de velours noir agrémenté d'argent, les deux autres habillés de velours chatoyant où brillaient des diamants. Celui qui était vêtu de noir s'avança vers Marie-Adélaïde et lui baisa la main. Il s'agissait donc de son époux, Bourgogne. Il était moins beau que la description qu'elle m'en avait faite, mais son regard était brûlant d'amour. Je m'enhardis jusqu'à observer ses frères. Anjou était sombre et réservé, Berry souriant et gai. D'ailleurs, sans le vouloir, je lui souris et il me parut bien qu'il m'adressa un clin d'œil, comme si nous étions déjà complices. J'en rougis.

Après que chacun eut dit un mot aimable à Marie-Adélaïde, tout le monde suivit le roi. Juste derrière lui marchaient les souverains anglais, puis les princes et les princesses dans le respect de l'étiquette. Je me plaçai donc à la fin du cortège, laissant cette fois passer devant moi toutes les dames d'honneur de la princesse. Estimant sans doute qu'elles se revanchaient[1],

1. Se revancher : prendre sa revanche.

Montgon et Roussy me toisèrent avec suffisance. À cette heure, si elles avaient pu me bousculer ou même me renverser, elles ne s'en seraient pas privées. Je me promis de tenter par tous les moyens de leur prouver que je ne guignais point leur place afin que cette pénible animosité à mon égard disparaisse.

J'en étais là de mes réflexions lorsque je mis un pied à l'entrée de la galerie. Elle était illuminée par trois rangs de lustres, des girandoles avaient été posées sur des guéridons et huit flambeaux d'argent portant chacun plus de cent bougies éclairaient la pièce comme en plein jour, faisant miroiter les étoffes de soie et scintiller les bijoux.

Sur un côté trois fauteuils pour les souverains, et cinq sièges où prirent place Monseigneur le Dauphin, Monsieur frère du roi et Madame la Princesse Palatine, le duc de Bourgogne et Marie-Adélaïde.

Vis-à-vis d'eux il y avait des banquettes pour la cour et sur les côtés des pliants réservés à la famille royale.

Les musiciens, cantonnés dans le salon du Roi ouvert sur la galerie, commencèrent à jouer dès que tout le monde se fut installé. Cela prit un certain temps, car je vis des dames se chamailler pour des pliants, quand d'autres se bousculaient pour obtenir de se poser sur une banquette. Pour ma part, je demeurai debout derrière un flambeau. Pour l'heure, je ne savais pas si je devais me réjouir d'avoir la chance d'assister à un pareil divertissement, ou me lamenter, car je sentais bien que je n'y étais point à ma place. À Saint-Cyr, au moins, nous étions toutes à égalité, mais dans ce pays-ci, je serais toujours inférieure à la plus modeste des dames de qualité, qui ne se privaient pas de me le faire sentir. Je me raisonnais en me répétant : « Sans doute, mais j'ai l'amitié de Marie-Adélaïde ! »

Je m'aperçus vite que plusieurs dames, demoiselles et aussi des gentilshommes, des pages, des mousquetaires du roi se tenaient, comme moi, à l'écart, afin d'admirer le bal. Nous échangeâmes quelques souris de connivence avec des demoiselles et cela me fut agréable. Marguerite de La Borde, la femme de chambre de Marie-Adélaïde, vint vers moi et me souffla :

— C'est beau, n'est-ce pas ?

Quelques gentilshommes me lorgnèrent, mais je jouai l'indifférence afin de ne point les encourager à m'adresser la parole sans que nous ayons été présentés, ce qui aurait été parfaitement inconvenant.

Marie-Adélaïde ouvrit le bal avec Bourgogne par un branle. Les princesses la rejoignirent bientôt avec leur cavalier. J'admirai la grâce de mon amie. Bourgogne n'était d'ailleurs point en reste et ils formaient un couple bien assorti. Les commentaires flatteurs des gens qui m'entouraient me procurèrent autant de plaisir que s'ils m'étaient adressés.

Ensuite vint la première courante. Marie-Adélaïde prit Anjou par la main, Anjou prit celle de la duchesse de Chartres qui prit celle de Berry, et ainsi de suite selon son rang.

Les danses se succédaient. Menuet, passe-pied, branles, courantes...

Les jeunes s'amusaient beaucoup, les moins jeunes se reposaient de la fatigue d'une ou deux danses en dégustant une collation servie sur des buffets apportés par des valets : glaces, massepains, fruits confits, confitures sèches. L'odeur de toutes ces douceurs me faisait monter l'eau à la bouche... en même temps, mes jambes fourmillaient d'être inactives.

À un moment, il y eut tant de presse qu'une bousculade s'ensuivit, des dames tombèrent, des gentilshommes se firent battre par d'autres, furieux que leur rang ne fût pas respecté. Il y eut des cris, des appels au calme, des coups... Jamais, je n'aurais cru possible une telle pagaille en présence du roi.

— Hou, me glissa Marguerite, la réputation du duc d'Aumont chargé d'organiser la soirée va être mise à mal !

J'aperçus, en effet, un homme qui gesticulait et appelait les mousquetaires à la rescousse pour ramener le calme.

Marie-Adélaïde et la famille royale restèrent un moment sur leurs fauteuils protégés par une haie de mousquetaire. On fit évacuer une partie de la salle. Je dus sortir.

Je ne savais que faire. J'étais perdue dans ce grand château que je ne connaissais pas encore. J'avais peur que l'on me demande qui j'étais, ce que je faisais ici, où j'allais... Marguerite aurait pu m'aider, mais je ne la revis point dans cette cohue.

Je réussis cependant à regagner les appartements de la princesse. Aucun garde n'en barrait l'entrée. J'étais un peu étonnée de la facilité avec laquelle tout un chacun pouvait circuler dans le bâtiment. J'entrai et je parcourus les pièces. J'avais bêtement envie de pleurer. Pourquoi avoir perdu du temps à m'apprêter alors que personne ne m'avait vue ? À quoi allais-je pouvoir être utile à Marie-Adélaïde quand tout le monde était déjà à ses pieds ? Et comment trouver ma place parmi ces dames bien nées qui m'ignoraient ? Pourquoi m'avoir tirée de Saint-Cyr si c'était pour m'oublier derrière un flambeau ? J'étais lasse, et assez désespérée. Dès que la princesse reviendrait, je lui annoncerais qu'il était préférable que je regagne Saint-Cyr.

Je dus m'assoupir sur un fauteuil, car c'est un tourbillon qui m'éveilla :

— Quoi ? Que faites-vous là ? s'exclama Marie-Adélaïde.

Elle avait les joues rosies, sa coiffure était un peu défraîchie, ses dames la suivaient et les servantes, sorties de je ne sais où, se précipitèrent au-devant d'elle pour l'aider à se préparer pour la nuit.

Honteuse d'avoir été surprise en plein sommeil, je sautai sur mes pieds et je m'excusai en bredouillant :

— Mais... heu... je...

Elle éclata de rire !

— Vous avez été prise dans la cohue ?

— Oui... et l'on m'a poussée hors de la salle...

— Mais aussi, pourquoi vous êtes-vous placée si loin de moi ?

— C'est que... je...

Elle coupa court à mes explications en déclarant :

— Ah, décidément, il faut vite que je vous trouve un établissement afin que vous puissiez obtenir un rang à la cour... Et puis, j'aurais dû vous présenter comme étant ma demoiselle d'honneur, on n'aurait point osé vous chasser... Ma pauvre amie, vous avez dû passer une soirée fort désagréable, alors que ce bal était des plus réussis !

— Je... non... vous dansez si bien ! Et vous formez avec M. le duc un couple fort assorti.

— Il est vrai, Bourgogne est charmant et plein d'attentions pour moi... Ce soir, mon bonheur aurait été complet si ma chère sœur avait été près de moi. Elle aime aussi beaucoup la danse. Anjou aurait été un parfait cavalier pour elle... Oh, elle me manque tant !

Afin d'atténuer sa peine, je lui assurai :

— Peut-être sera-t-elle, un jour prochain, invitée à la cour de France ?

— Je l'espère de tout cœur... et je ne manque jamais une occasion de parler d'elle au roi, ainsi, lorsqu'il s'agira de marier Anjou ou peut-être Berry, le nom de ma sœur lui viendra naturellement à l'esprit.

Elle garda un moment le silence, les yeux dans le vague, comme si elle imaginait déjà le mariage de sa sœur. Puis elle secoua ses boucles blondes et, revenant sur notre première conversation, elle me gronda :

— Pourquoi ne pas être venue danser les courantes... ces danses-là sont pour tout le monde !

Tout semblait si simple avec elle ! Et je me sentis prise en faute de n'avoir point osé danser.

Elle bâilla et me dit :

— C'est assez pour cette nuit. Je suis épuisée. Demain, les festivités continuent.

Elle ordonna que l'on dresse un lit pliant dans la garde-robe afin que je ne sois pas loin d'elle.

— Ainsi, si nous voulons bavarder comme à Saint-Cyr... ajouta-t-elle.

Mais à peine était-elle allongée depuis quelques minutes que son souffle régulier m'indiqua qu'elle s'était endormie.

J'étais si tourneboulée par ma nouvelle existence que le sommeil m'ignora longtemps.

CHAPITRE

7

Il y eut bal encore le 14.

Marie-Adélaïde était rayonnante dans une nouvelle robe de velours noir parsemé de diamants, s'ouvrant sur une jupe de soie aile de pigeon brodée de fil d'argent, les cheveux nattés de perles. Elle dansa toute la soirée sans jamais accuser de fatigue.

Lorsque l'orchestre joua des courantes, elle vint me saisir la main pour m'entraîner dans la danse. Je n'osai lui refuser, mais les premiers pas que j'accomplis étaient maladroits et il me semblait que tous les regards étaient sur moi... surtout ceux des dames et demoiselles d'honneur de Marie-Adélaïde. Certaines ne se gênaient pas, lorsque je me retrouvais seule avec elles, pour me lancer quelques piques, auxquelles je m'interdisais de répondre afin de ne point envenimer ma situation. J'étais de condition si modeste comparée à ces comtesses, marquises, duchesses qu'un mot d'elles auprès du roi aurait sans doute suffi à provoquer mon renvoi.

Cependant, au fur et à mesure que la soirée se déroulait, je prenais de l'assurance et du plaisir à la danse. Certains gentilshommes remarquèrent mon entrain, car je fus invitée pour le menuet et le passe-pied. Ma première réaction avait été un refus poli mais ferme.

— Vous n'y pensez pas ! m'avait grondée Marie-Adélaïde, si vous refusez toutes les danses, vous allez froisser ces messieurs et vous ennuyer à mourir !

— Mais aucun ne m'a été présenté, me défendis-je.

— Certes, mais ceux qui sont dans l'entourage du roi appartiennent à d'excellentes familles et vous ne risquez rien en leur accordant une danse. Et puis, tenez, puisque vous voulez que je vous les présente, vous avez sur votre droite le fils du duc d'Elbeuf, Philippe, tout juste vingt ans. À son côté le marquis de Granville, il a un vilain nez et une bosse dans le dos, mais il est doux comme un agneau. À gauche, les deux fils du comte de Gramont, l'un est un peu gras et l'autre un peu trop grand, mais leur richesse est immense, et vers la porte, deux des pages de la princesse de Conti, qui non seulement savent tenir sa queue, mais dansent fort bien et sont issus de vieilles familles bordelaises.

J'arrêtai ces présentations en lui posant une main sur le bras :

— Oh, je vous en prie, tous ces grands noms m'affolent plus qu'ils ne me rassurent...

— Il faudra bien vous y habituer ! C'est parmi eux que vous allez vivre à présent... et, me chuchota-t-elle à l'oreille, voyez qui ose braver toutes les conventions en venant vers vous...

Berry s'inclina devant moi :

— Madame, me ferez-vous l'honneur de m'accorder la prochaine danse ?

Je m'apprêtais à bredouiller je ne sais quoi, tant j'étais émue d'être remarquée par le petit-fils du roi, lorsque Marie-Adélaïde prit la parole à ma place :

— Faites danser mon amie, mon cher Charles !

Il me tendit le poing pour que j'y pose la main et nous entrâmes dans le menuet.

J'en connaissais un peu les pas pour avoir vu les demoiselles de la classe jaune les apprendre durant certaines récréations et les avoir reproduits en cachette avec Gabrielle et Rose-Blanche. Mais je manquais d'aisance. Danser avec un prince était par trop déroutant. J'aurais été fort dépitée si mon cavalier s'était plaint de ma gaucherie et si les gens occupés à regarder les danseurs s'étaient gaussés de moi. Après tout, le prince ne m'avait-il pas choisie dans le but de se divertir de moi ? J'étais si tendue que je ne goûtai point vraiment ce moment. Lorsque la musique se tut, j'étais rouge de confusion et j'aurais voulu disparaître sous le parquet. Berry ne paraissait pas le moins du monde gêné. Il me reconduisit dans le fond de la salle et me dit gentiment :

— J'ai été heureux de faire votre connaissance, madame.

— Heu... moi de même, monsieur.

— N'est-il pas charmant ? vint s'enquérir Marie-Adélaïde dès que Berry eut tourné les talons.

— Assurément...

— Alors, puisque vous avez dansé avec un prince, vous pouvez maintenant accepter de danser avec n'importe quel gentilhomme de la cour.

J'acquiesçai d'un hochement de tête, mais j'avais eu ma dose d'angoisse pour ce soir. Cependant, une pointe d'orgueil me fit jeter un regard vers le groupe des demoiselles d'honneur. Elles étaient en grande conversation et j'aurais parié qu'elles parlaient de moi... et pas nécessairement en bien. Je leur adressai mon plus franc souris.

Marie-Adélaïde dansa toute la soirée et ne s'aperçut même pas que je ne dansais plus, refusant le plus poliment possible les cavaliers qui se présentèrent. Un gentilhomme particulièrement affable et bien tourné, le fils du duc d'Aumale, qui d'après Marie-Adélaïde m'avait dévorée du regard une partie de la soirée, vint m'inviter, mais à la perspective de devoir me concentrer pour ne pas me perdre dans les pas tout en étant, peut-être, le point de mire des médisants, je repoussai son offre à regret.

Le 17 décembre, le roi fit donner un opéra à Trianon.

Marie-Adélaïde était tout excitée.

— C'est la première fois que je vais voir un opéra. Le roi les goûte fort. C'est un divertissement où se mêlent la musique, les chants, la danse dans des décors somptueux et avec des costumes magnifiques. Connaissez-vous cela ?

— Point d'opéra à Saint-Cyr, dis-je en soupirant.

Elle éclata de rire et, m'imitant, elle reprit d'un ton lugubre :

— Point d'opéra à Saint-Cyr, uniquement des messes et des prières !

Je souris pour ne pas la fâcher, mais je n'appréciais point qu'elle se moque de la maison qui m'avait éduquée et où j'avais laissé des amies.

Nous nous préparâmes à cette soirée avec tout le soin nécessaire. Marie-Adélaïde m'aida à choisir une nouvelle tenue dans sa garde-robe, insista pour que je porte quelques poinçons d'or dans ma chevelure. Sa gaieté était si communicative que j'oubliai vitement la réflexion qui m'avait blessée.

La soirée fut merveilleuse.

Il y eut tout d'abord, par les allées éclairées de flambeaux, un défilé de calèches transportant les nombreux invités.

Marie-Adélaïde avait pris place dans la calèche du roi. J'étais dans une autre voiture avec cinq dames d'honneur. Je redoutais par-dessus tout ces huis clos.

— On sent, ma chère, commença Mme de Montgon, que vous n'êtes guère à l'aise dans ce pays-ci.

— Je vous remercie, madame, de vous soucier de mon état, répondis-je, mais plus les jours passent, et plus je me familiarise avec ce nouveau lieu.

— Oh, ce n'est point aussi aisé qu'il y paraît et il ne suffit pas de porter une belle tenue pour y avoir sa place, minauda Mme de Roussy.

— Certes, se gaussa la première, l'habit ne fait pas le moine et, en l'occurrence, il ne fait point la noblesse.

— Les parvenus sont si drôles lorsqu'ils essaient de singer nos bonnes manières... Molière ne s'y est point trompé en écrivant son *Bourgeois gentil-homme* !

— J'ai nom Victoire de Marsanne et mes parents ont dû prouver quatre quartiers de noblesse pour que je sois accueillie à Saint-Cyr, rétorquai-je le plus calmement possible alors que je bouillais de colère.

— Peut-être, mais la pauvreté est la pire des tares, renchérit Mme de Montgon.

Que répondre à une attaque si pernicieuse ? Je me calai contre la portière en gardant le silence.

L'arrivée à Trianon tout illuminé arrêta notre discussion et je m'absorbai dans la contemplation du bâtiment. Il était si petit que l'on aurait dit qu'il avait été construit pour divertir une petite princesse. D'ailleurs, après être descendue de voiture, Marie-Adélaïde vint vers moi et me souffla :

— Trianon est une véritable maison de poupée, j'aime beaucoup y venir.

Pendant la représentation d'*Issé*[1], j'étais si fort impressionnée d'être en présence du roi qu'au début du spectacle, je ne parvenais pas à détacher mes yeux de sa nuque. Mon regard fut cependant attiré par les décors somptueux : le jardin des Hespérides garni d'arbres aux pommes d'or m'enchanta et je sursautai lorsque parut le dragon crachant des flammes. Pour le reste, je ne comprenais goutte à ce que les acteurs chantaient, mais comme il s'agissait d'une histoire qui célébrait l'amour, j'en saisis vitement la trame.

Marie-Adélaïde, quant à elle, fut la proie des émotions les plus vives, parfois pleurant, parfois riant... elle vivait totalement les situations représentées sur la scène. Il est vrai qu'elle découvrait juste les élans de l'amour que cet opéra célébrait. Les comédiens furent donc grandement applaudis.

---

1. Musique d'André Cardinal Destouches, livret d'Antoine Houdar de La Motte. Décor de Berain.

— C'était beau, n'est-ce pas ? me dit Marie-Adélaïde les yeux brillants de plaisir.

— Parfaitement beau.

— Le roi m'a promis qu'après les fêtes de la Noël il ferait donner des comédies de M. Molière. Je suis en âge à présent de pouvoir les entendre. On m'a assuré qu'elles étaient très drôles et j'aime beaucoup rire !

— Je rirais volontiers avec vous !

— Las, pour l'heure, les divertissements organisés pour mon mariage sont terminés. Il va falloir reprendre la vie ordinaire... Je crains fort de m'ennuyer à mourir... heureusement que vous êtes avec moi !

J'aurais pu lui conter mes déboires avec ses dames d'honneur, mais je n'avais pas le cœur à ternir sa joie avec mes ennuis personnels.

CHAPITRE

8

Sous la houlette de Mme de Maintenon, nous allions étudier deux à trois fois par semaine à Saint-Cyr.

Parfois Marie-Adélaïde se réjouissait de quitter Versailles pour retrouver les joies simples de son âge, parfois elle pestait de devoir retourner en classe comme une enfant alors qu'elle était devenue la première dame du royaume. Son humeur était changeante.

J'avoue que la mienne l'était aussi.

Tantôt la perspective de revoir mes camarades, nos maîtresses, les lieux où j'avais vécu paisiblement m'enthousiasmait, tantôt je redoutais d'être rejetée par Rose-Blanche, Gabrielle, Euphémie qui ne me considéreraient plus comme une des leurs.

Quelque temps après être entrée au service de Marie-Adélaïde, j'avais écrit à Isabeau pour l'informer de ma nouvelle situation. Elle m'avait répondu une douce lettre, dans laquelle elle me mettait en garde contre les dangers de la cour et m'assurait qu'elle prierait pour mon bonheur et mon salut. Mon changement de destinée ne nous éloignait pas, au contraire même, puisque hors les murs de notre maison, je pouvais lui écrire autant que je le souhaitais. J'espérais d'ailleurs que nous pourrions nous revoir dès que mes obligations me le permettraient.

Souvent, Marie-Adélaïde me sollicitait pour écrire sous sa dictée à sa mère, sa grand-mère, son père et parfois à sa sœur :

— Grand-mère souhaite que je lui écrive le plus souvent possible pour lui parler de cette cour de France qu'elle a tant aimée ; las, mes lettres comportent tant de fautes que cela la met en colère. Alors plutôt que de recevoir un courrier pour m'exhorter à mieux apprendre et à mieux écrire, je préfère que vous le fassiez à ma place.

Je m'y soumettais volontiers afin de lui être agréable. Pourtant, sans doute piquée par la honte de cette situation, elle me demandait de lui expliquer les règles de grammaire, de corriger ses dictées, et de lui apprendre à bien former les lettres. Comme elle n'était point sotte, mais seulement étourdie et inattentive, elle fit rapidement des progrès.

— Oh, me dit-elle un jour, je ne serai jamais une femme de lettres et tenir un salon littéraire comme celui de Mme de Scudéry dont j'ai ouï parlé n'est point à ma portée, mais grâce à vos conseils et à votre patience, je m'améliore.

— Les dames de Saint-Cyr étaient de bien meilleurs professeurs que moi !

— Que nenni ! Sans vous, je n'aurais point progressé aussi vite.

Sa confiance m'honorait. Elle faisait, hélas, des jalouses parmi ses dames.

Un matin, alors que j'étais dans la garde-robe avec Marguerite en train de ranger les jupons fraîchement lavés et repassés, j'entendis les dames de compagnie dans la pièce contiguë :

— Il est inconcevable que cette fille soit devenue en quelque sorte la répétitrice de Marie-Adélaïde. Elle est à peine plus âgée qu'elle et ce rôle nous revenait de droit ! se plaignait Mme de Montgon.

— La princesse s'est entichée d'elle, ce qui risque de nuire à notre situation, assurait Mme de Roussy.

— Laissez donc cancaner ces vieilles oies, me réconforta la femme de chambre, tant que vous avez l'amitié de la princesse, vous ne risquez rien... et puis, il faut vous y habituer, le passe-temps préféré des gens de cour est de médire des autres !

Je doutais de m'accoutumer à ce genre de pratique.

Avec les beaux jours de mai, les déplacements à Marly se multiplièrent pour la plus grande joie de Marie-Adélaïde qui appréciait particulièrement ce lieu.

Marly me ravissait tout autant qu'elle !

Il y avait moins de presse qu'à Versailles et, petit à petit, je finis par reconnaître, sinon par connaître, toutes les personnes qui y étaient invitées et tout se passait dans une sorte d'humeur joyeuse et bon enfant. Même les méchantes langues se mettaient en veille !

— Avez-vous vu, l'autre jour dans la galerie, ce gentilhomme murmurer d'une voix servile : « Sire, Marly » et le regard dédaigneux de Sa Majesté ? me demanda Marie-Adélaïde.

— Parfaitement.

— Ces gens-là sont prêts à tout pour être de Marly.

— Il faut dire que les journées à Marly sont bien agréables et qu'il y a toutes sortes de plaisants divertissements.

— Oh, oui ! J'aime beaucoup le jeu du mail ! Le roi vient de m'en apprendre les règles et, depuis, je gagne toutes les parties.

— Vous y êtes en effet très adroite.

— Hier, j'ai même battu Bourgogne ! Je ne parle pas de Berry, il ne pense qu'à faire le pitre avec son maillet ! Un jour, il finira par se casser le pied ! Mais il est si drôle !

— Oui, il m'amuse beaucoup également.

— Un homme qui aime plaisanter doit être agréable à vivre. Bourgogne est un peu trop sérieux.

Elle garda le silence un moment comme si elle échafaudait un plan, puis reprit :

— Je me demande si le roi ne me laisse point gagner pour me satisfaire.

Je souris. Elle avait raison. Le roi paraissait si heureux lorsque Marie-Adélaïde brandissait son maillet en criant : « J'ai gagné ! J'ai gagné ! »

Le seul point qui m'éloignait de Marie-Adélaïde était la chasse. Je n'aimais point cette activité. Courir le cerf ou le lièvre était pour moi source d'angoisse parce que, je ne savais pourquoi, je me mettais toujours à la place de l'animal traqué et non du chasseur. Aussi entendre les aboiements des chiens, les coups de feu, les galopades et les hennissements des chevaux était une souffrance.

Lorsque je l'expliquai à Marie-Adélaïde, elle se moqua :

— Les bêtes sont des bêtes et Dieu les a mises sur terre pour être chassées... Tous les gens de qualité chassent. Le roi aime la chasse par-dessus tout et je me dois de l'aimer aussi pour lui plaire.

— Je comprends, mais je vous saurais gré de me dispenser de vous suivre dans cette activité.

Elle participa donc à plusieurs chasses aux cerfs ou aux lièvres en compagnie du roi. Chaque fois, j'espérais bénéficier d'un moment de solitude, sans la présence des autres dames et demoiselles d'honneur et surtout sans celle de Roussy et Montgon. J'avais toujours la désagréable impression qu'elles m'épiaient. Pour les contraindre à m'accepter, j'étais toujours plus aimable avec ces deux pécores qu'avec les autres, mais il m'en coûtait.

— Voulez-vous que je vous prête ce livre de poésies ? avais-je proposé à Mme de Roussy lors de la dernière chasse. Il y en a de fort belles.

— Non point. La princesse, pour me remercier de la bien servir, a eu la grande bonté de m'offrir le dernier ouvrage de Chapelle.

C'était une façon détournée de me dire que Marie-Adélaïde avait d'autres amies que moi. Aussi, je ne tins pas compte de la perfidie de sa réponse et, mon livre à la main, je cherchai un endroit calme à l'abri des regards.

Je savourais à leur juste valeur ces heures d'oisiveté, car depuis mon arrivée à Saint-Cyr, elles étaient rayées de mon existence. Pourtant, qu'il était doux, un livre à la main, de regarder le balancement des branches par la fenêtre, d'écouter le chant d'un oiseau ou le gazouillis des fontaines ou encore d'admirer les plates-bandes fleuries en toute impunité et aussi de rêver à mon avenir. Je ne me voyais plus du tout en dame de Saint-Cyr, ni même en Fille de la Charité. Je m'imaginais à présent vivre dans l'entourage de Marie-Adélaïde et épouser, dans quelques années, un gentilhomme bien en vue à la cour afin de continuer à demeurer au service de ma princesse. Le visage souriant du duc de Berry me vint à l'esprit, mais il me parut présomptueux de ma part d'envisager que le roi de France puisse accepter l'union de son petit-fils avec une demoiselle de si petite noblesse que la mienne.

Voici quelques jours, j'avais surpris une conversation entre deux dames d'honneur qui se gaussaient du duc de Mantoue[1] venu chercher femme à Paris.

— Il est laid comme un pou, assurait l'une d'elles.

— On m'a conté qu'il fréquentait des chanteuses d'opéra et des danseuses et se faisait inviter partout dans l'espérance de trouver une épouse jeune et jolie.

— Et si nous lui présentions Victoire ! lança Mme de Montgon, elle n'a pas de dot mais un minois assez plaisant...

1. Charles Ferdinand de Gonzague (1652-1708), duc de Mantoue.

— Voilà une excellente idée ! reprit Mme de Roussy, je ne peux supporter les airs qu'elle se donne, et plus vite elle quittera le service de la princesse, mieux cela sera.

— Oui, qu'elle parte vite pour Mantoue avec le duc ! ricana Montgon.

Je ne le montrai point, mais depuis lors, je tremblais à l'idée que ce duc ne jette son dévolu sur moi.

Lorsque Marie-Adélaïde revenait, les joues rosies par l'air, les cheveux décoiffés, elle avait la délicatesse de ne point me conter les exploits des chiens et des chasseurs, me disant seulement :

— Le roi a été satisfait de sa meute et surtout de Bonne, Nonne et Ponne, ses chiennes préférées. Je prends vite un bain, je me change et je le rejoins dans la chambre de Mme de Maintenon pour bavarder. J'aime beaucoup ces soirées où nous sommes en famille... cela me rappelle la Savoie.

Je donnais des ordres pour que l'on apporte un baquet, je l'aidais à se dévêtir puis à choisir sa tenue et, tandis qu'une servante la coiffait, nous devisions comme des amies.

CHAPITRE

9

L'existence aux côtés de Marie-Adélaïde était un véritable tourbillon ! J'avais fort peu de moments de répit, car elle me voulait constamment auprès d'elle. Je ne m'en plaignais pas. Nous nous entendions aussi bien que deux sœurs. En public, je lui manifestais le plus grand des respects, mais dans notre particulier, elle voulait que je lui parle sans contrainte. Ainsi, je menais la vie la plus agréable possible. La seule ombre à ce tableau idyllique était l'animosité des deux demoiselles d'honneur. Je devais faire attention de ne pas les froisser et feindre toujours d'être étonnée de la faveur dont je bénéficiais. C'était, je l'avoue, assez épuisant pour les nerfs.

Je dus rapidement m'initier au rituel de la toilette publique, auquel, afin d'accoutumer la princesse à son futur rôle, le roi voulut qu'elle participât deux fois par semaine.

Je me levais vers six heures et, sans faire de bruit, je m'habillais et me coiffais à la lueur d'une bougie dans le réduit où j'avais mon lit, puis je la réveillais à huit heures moins le quart. C'était un privilège que les dames m'avaient consenti sans difficulté, satisfaites sans doute de ne point être obligées de se lever si tôt. Seule Mme du Lude qui dormait dans sa chambre sur les ordres du roi était levée en même temps que moi.

Jusque vers les onze heures, Marie-Adélaïde flânait en déshabillé, jouant du clavecin sans entrain avec Buterne[1], son maître de musique, ou dansant avec un plaisir évident avec Reynal[2]. Souvent je lui lisais à voix haute des fables ou des contes. Parfois, avec une ou deux de ses dames, nous devisions, excluant d'office les sujets tristes pour ne garder que ceux susceptibles de divertir la princesse. J'étais plus détendue si Mmes de Roussy ou de Montgon n'y participaient pas.

Au moment de se vêtir, les portes s'ouvraient pour laisser entrer dans la chambre des dames de qualité. Celle dont le rang était le plus élevé avait le privilège de tendre sa chemise de lin fin à la princesse, ensuite les dames les plus âgées de sa suite

---

1. Jean-Baptiste Buterne (1650-1727), organiste et maître de clavecin.
2. Jean et Guillaume Reynal, ou Raynal, sont tous deux maîtres à danser.

lui mettaient le corset et le laçaient étroitement. Puis on lui passait plusieurs jupons et enfin la robe en soie ou en velours.

J'eus grand mal à m'habituer à cette pratique, car ce qui aurait pris normalement une trentaine de minutes se prolongeait au-delà de l'heure, parce qu'il fallait suivre un ordre rigoureux. Les dames se seraient battues entre elles plutôt que de laisser à une autre le droit de tendre un jupon... et pendant ce temps, la princesse attendait, souriante et à demi nue sans oser manifester son agacement.

Quand nous nous retrouvions seules, Marie-Adélaïde tempêtait :

— La princesse de Condé ne supporte pas d'avoir dû me céder le pas et me le fait sentir par mille agaceries ! Hier, elle m'a tendu ma chemise à l'envers et avec des gestes si lents que j'ai gelé sur place !

— Je m'en suis aperçue en effet.

— Et l'autre jour, la princesse d'Harcourt a marché sur le pied de la pauvre Mme de Luynes qui avait gardé trop longtemps en main le second jupon. Je déteste m'habiller en public... c'est impudique ! Jamais je n'aurais pu imaginer que je devrais enfiler mes bas aux yeux de toutes ces dames qui, elles, sont déjà vêtues, coiffées et apprêtées. J'ai l'impression qu'elles sont là pour me détailler, voir si je n'ai pas un pied tordu, la taille de travers et une bosse dans le dos ! Ah, j'envie les bourgeoises qui peuvent enfiler leur chemise, leur corset et leurs bas tranquillement. Mais le roi tient à ce que je m'habitue à cette céré-monie. La noblesse en est friande et il paraît que c'est une façon de l'asservir. Alors puisque c'est le souhait du roi... je m'y plie... mais j'enrage !

Lorsque la princesse était habillée, elle choisissait ses bijoux sur les conseils de la comtesse de Mailly, sa dame d'atour, puis se faisait coiffer, ce qui prenait encore plus ou moins une heure.

Enfin prête, elle rejoignait le roi et tous deux traversaient la galerie pleine de courtisans pour se rendre à la chapelle.

Fort heureusement pour Marie-Adélaïde, cette cérémonie n'avait lieu que deux fois par semaine et les véritables distractions ne manquaient point.

Ainsi nous allions de Versailles à Marly pour une chasse à courre, une volerie[1] ou assister au lâcher de cent cinquante daims, importés d'Angleterre, desti-nés à repeupler la forêt. Pour la chasse, Sa Majesté avait commandé à son meilleur tailleur un adorable costume de velours rouge garni de larges galons d'or qui allait à ravir à la princesse[2]. Lorsque Bourgogne

1. Chasse pour laquelle des faucons sont dressés pour voler sur d'autres oiseaux ou du gibier.
2. Pierre Gobert (1662-1744), peintre français, l'a peinte dans cette tenue de chasse.

la vit, il devint aussi rouge de désir que l'était le velours !

Nous participions aussi à des bals en masque. Pour celui du printemps, organisé à Fontainebleau, Marie-Adélaïde se travestit en laitière et je portai un costume de sultane. Bourgogne était en roi de trèfle, Anjou en roi de cœur et Berry en magicien... Quel bonheur de s'adonner à la danse en prétendant ne point connaître son cavalier ! L'espiègle Marie-Adélaïde me souffla :

— Philippe d'Elbeuf est un Persan, ne lui refusez point de danse, il serait fort dépité.

Je fis donc plusieurs courantes, un branle et même un menuet avec ce Persan qui fit semblant de ne point me reconnaître. Mais j'étais bien persuadée que la princesse lui avait révélé qui était sous le masque de sultane. Cependant, ne voulant point compromettre ma réputation, je refusai poliment de lui accorder un trop grand nombre de danses... mais il me coûta de le voir danser avec d'autres.

Berry vint aussi me chercher pour la danse. Il s'amusa à frôler d'un peu trop près Bourgogne et Anjou pour les déstabiliser et les trois frères rirent beaucoup de cette farce. J'étais, quant à moi, assez mal à l'aise, car j'aurais eu grande honte si l'un des deux princes avait fait un faux pas. À la fin de la courante, je vis le regard réprobateur d'Elbeuf sur Berry et je rougis comme si j'avais été responsable.

Une autre fois, nous nous rendîmes à Meudon à l'invitation de Monseigneur qui avait organisé, pour plaire à sa bru, un divertissement avec une superbe loterie.

Marie-Adélaïde insista pour que j'y participe. Je gagnai une belle dentelle au point de France, mais Berry ne considérant point qu'il s'agissait d'un lot d'importance insista pour me céder la boîte de Chine qu'il venait de gagner :

— C'est un lot pour une dame et non pour un damoiseau, m'assura-t-il. Je serais fâché si vous la refusiez.

Marie-Adélaïde m'adressa un clin d'œil complice et dit à Berry :

— Ah, monsieur, vous vous conduisez comme un parfait chevalier devant sa dame !

— Mais je suis un chevalier ! affirma Berry. Bientôt j'accompagnerai le roi à la guerre et je gagnerai toutes les batailles.

Je jugeais sa réponse fort enfantine... mais il est vrai qu'il n'était alors qu'un prince de douze ans. Je suis certaine que Montgon et Roussy me trouvèrent bien présomptueuse d'accepter le cadeau du petit-fils d'un roi. N'en ont-elles pas profité pour salir ma réputation ?

La fois suivante, nous allâmes chez Monsieur à Saint-Cloud nous promener en calèche dans le parc, prendre une collation. Bourgogne, Anjou, Berry, d'autres gentilshommes et de nombreuses dames jouèrent avec nous à cache-tampon et à cligne-musette et il était fort plaisant de se cacher dans les bosquets en attendant que l'on nous découvre. L'attention de Mme du Lude et du marquis de Dangeau chargés de chaperonner Marie-Adélaïde et Bourgogne se relâchait un peu et je surpris plusieurs gestes tendres entre eux alors qu'ils étaient tapis derrière un if du parc.

Un après-dîner de la fin août, avec un groupe de dames et quelques pages destinés à nous protéger en cas de presse, nous nous déguisâmes en bourgeois et bourgeoises pour nous rendre à la foire Saint-Laurent[1] incognito. J'étais parfaitement détendue, car Montgon et Roussy ne furent pas invitées à nous suivre. Je crois que le roi n'en sut jamais rien, sinon, il ne l'aurait point permis.

Nous nous amusâmes beaucoup à déambuler parmi les étals des marchands, à acheter des oublies[2], à regarder travailler les potiers, ceux qui tressaient les paniers et les dinandiers martelant le métal. Nous assistâmes aussi à une pièce fort drôle donnée en plein air par des comédiens.

---

1. La foire Saint-Laurent date du XIVe siècle. Elle a lieu du 9 août au 29 septembre en plein air au nord de la rue Saint-Laurent et de la rue du Faubourg-Saint-Denis (actuellement dans le 10e arrondissement).
2. Sortes de pâtisseries fines et rondes, cuites comme les gaufres entre deux plaques chaudes.

— Tous ces gens sont bien divertissants... ils sont si... comment dire... si vrais ! s'enthousiasma Marie-Adélaïde. Cela me rappelle quand, avec ma mère et ma sœur, nous allions dans les villages des Savoies partager l'existence des paysans. Savez-vous que je sais traire une vache ?

Les dames et moi, nous nous étonnâmes, car nous ignorions toutes comment procéder. Marie-Adélaïde nous l'expliqua en mimant la scène, ce qui nous amusa beaucoup.

À la fin de juillet, nous nous étions rendues dans la boutique des sieurs Seheut et Vendives, fameux orfèvres parisiens. Marie-Adélaïde voulait acheter un bijou pour l'anniversaire de son mari qui avait lieu le 6 août. Elle hésita longuement et finit par acquérir une épingle d'or ornée de diamants. Le prix qu'indiqua l'orfèvre m'affola, mais n'inquiéta nullement Marie-Adélaïde.

Lorsque nous montâmes dans la calèche pour regagner Versailles, le précieux cadeau enveloppé dans son écrin de soie, elle m'avoua en rougissant :

— Il faut bien que je lui prouve mon attachement et, comme pour l'heure les cajoleries nous sont interdites, les diamants parleront pour moi !

Elle ne laissait à personne le soin de surveiller l'avancement des travaux de sa ménagerie et nous

nous y rendions souvent pour rencontrer le sieur Mansart[1], lui ordonner de démolir un mur qui venait juste d'être construit mais qui, d'après la princesse, était mal placé, lui commander le thème d'une peinture pour le plafond du salon rond, et lui proposer l'ouverture d'une fenêtre latérale afin d'avoir une vue plus agréable sur le parc. Elle souhaita aussi que fût installée, sous le salon du premier étage, une grotte avec un jet d'eau.

— On m'a conté que lorsqu'il était jeune, le roi avait fait construire plusieurs grottes à Versailles et à Saint-Germain. J'espère que celle-ci lui plaira.

Mansart approuvait... Moi, je m'étonnais qu'une demoiselle si jeune et inexpérimentée pût imposer ses idées à un architecte de Sa Majesté ayant réalisé de si beaux et grands bâtiments comme notre maison de Saint-Cyr.

— Oh, j'ai hâte que tout soit terminé pour accueillir de nouveaux animaux et surtout pouvoir donner un grand divertissement. Madame m'a promis de m'offrir un perroquet qui parle. Elle en a un qui s'exprime fort bien. Je l'ai entendu dire à l'une de ses petites chiennes : « Donne la patte. » La chienne a eu si peur qu'elle a couru se cacher sous le sofa...

— Je n'ai jamais rien vu de tel, avouai-je.

1. Jules Hardouin Mansart (1646-1708), architecte du roi et surintendant des bâtiments du roi. Il est le petit-neveu de l'architecte François Mansart.

— Moi non plus, et c'est pour cela que j'en veux un et même plusieurs !

— N'y a-t-il pas assez de gens à caqueter autour de vous ?

— Oh, le bavardage des perroquets est beaucoup plus amusant.

Nous éclatâmes de rire. Puis, retrouvant son sérieux, elle reprit :

— Savez-vous que Sa Majesté m'a choisie pour être la marraine de Mlle de Chartres ! La deuxième fille que viennent d'avoir le fils de Madame et son épouse[1]. Je la tiendrai sous peu sur les fonts baptismaux à Saint-Cloud. Le duc de Chartres n'est point satisfait, il aurait préféré un garçon qui aurait eu un rang dans la succession au trône.

— Certes, les filles sont toujours moins bien accueillies.

— De toutes les façons, le roi a un fils et trois petits-fils, alors le duc de Chartres ou ses enfants n'ont aucune chance de régner un jour sur la France !

1. Philippe II d'Orléans, duc de Chartres (1674-1723), est le fils de Monsieur (frère de Louis XIV) et de la Princesse Palatine. Il est l'époux de Mlle de Blois, fille du roi et de Mme de Montespan.

CHAPITRE

10

Les seules journées calmes étaient celles que nous passions à Saint-Cyr. Le reste du temps, nous devions nous hâter pour ne point manquer un départ en calèche pour Meudon, Saint-Cloud, Marly, Fontainebleau, Chantilly et d'autres lieux encore, car tous les gens de qualité s'enorgueillissaient d'organiser les plus beaux divertissements pour avoir l'honneur d'accueillir la duchesse de Bourgogne chez eux.

Bourgogne y assistait, mais, à sa mine parfois sévère, il me parut qu'il aurait préféré lire au coin du feu. Cependant, il n'osait point refuser ces plaisirs à sa jeune épouse dont il était très épris sans toutefois que le roi les ait encore autorisés à dormir dans le même lit.

Marie-Adélaïde aimait par-dessus tout les masques et, durant l'hiver, nous étions presque tous les soirs déguisés, et comme il était impensable de porter deux fois le même costume, sa dame d'honneur et Mme de Mailly, sa dame d'atour, chargées des déguisements houspillaient les couturières pour que tout soit prêt à temps.

Pendant des heures, Marie-Adélaïde hésitait :

— Je veux une tenue de sultane... et puis non, je veux être la reine des fleurs ! Qu'en pensez-vous, ma chère Victoire ?

— Quoi que vous portiez, vous serez toujours ravissante !

Elle hochait la tête en souriant et poursuivait :

— En Colombine, ce serait charmant... à moins qu'en dame de cœur... ou alors en Arlequin ?

Depuis déjà plusieurs mois, je portais des hardes bien à moi.

Marie-Adélaïde n'avait point regardé à la dépense et j'étais vêtue comme une princesse. Cela avait contribué à envenimer des relations déjà difficiles avec Mmes de Montgon et de Roussy qui avaient dû acheter leur charge alors qu'on me l'avait offerte.

Un soir, au moment d'enfiler une jupe neuve, j'y remarquai plusieurs trous. Marguerite fondit en larmes, croyant que j'allais l'accuser d'avoir malmené mon linge.

— Ne vous alarmez point, la rassurai-je, je pense qu'il s'agit d'un mauvais tour de mes deux ennemies.

— Oh, il faut vous plaindre à Madame.

— Surtout pas. C'est ce qu'espèrent ces deux péronnelles. Elles donneront une autre version de cette affaire qui ne tournera pas à mon avantage. Je vais donc me taire, et elles auront manqué leur coup !

Je revêtis donc une autre tenue et, ce soir-là, je fus si aimable avec elles que l'incompréhension que je lus dans leur regard me paya largement.

Je continuais à cacher mes misères à Marie-Adélaïde afin de ne point l'ennuyer. Elle était si bonne pour moi ! Elle prélevait sur la somme que lui attribuait le roi pour ses menus plaisirs quelques pièces qu'elle me donnait fort discrètement en me disant :

— Pour vos pauvres.

Je lui avais confié un soir que ma sœur avait voué son existence à l'éducation des petites filles pauvres et que, sans son intervention, je l'aurais rejointe.

— J'ai honte, parfois, de vivre dans le luxe quand des enfants manquent de l'essentiel, lui avais-je dit.

Ainsi, en faisant parvenir ces aumônes à ma sœur, je me sentais moins coupable de ne pas la rejoindre.

Nos après-dîners étaient tout aussi occupés que nos soirées. Il y avait chasse ou visite des jardins ou encore promenade en gondole sur le canal de Versailles ou de Saint-Cloud.

Marie-Adélaïde se changeait au moins cinq fois dans la journée, adaptant sa tenue à son activité, car il était hors de propos d'avoir la même jupe pour la messe du matin, pour le dîner, pour la chasse, la promenade, une visite pour honorer une dame, puis pour la soirée d'appartement.

Lorsque nous nous couchions enfin, souvent bien après une ou deux heures du matin, j'étais complètement épuisée. Mon corps n'était point habitué à veiller si tard, à danser, à manger et à boire avec excès. Marie-Adélaïde ne paraissait jamais fatiguée. J'évitais donc de montrer ma lassitude, mais je craignais toujours de ne point pouvoir me lever pour assurer mon service, ce qui m'aurait couverte de honte.

En août 1698, on nous informa que Sa Majesté, afin de montrer que la France, même si elle avait déposé les armes, était toujours une grande puissance militaire, avait ordonné le rassemblement de ses troupes au camp de Compiègne pour y faire quelques manœuvres.

— Louis, mon époux, en assurera le commandement, m'annonça Marie-Adélaïde. Je suis bien aise que le roi récompense ainsi sa vaillance et son obéissance. Il sera un parfait général et je serai si fière de lui !

Nous quittâmes Versailles le jeudi 28 août. Dans le carrosse du roi avaient pris place le duc et la duchesse de Bourgogne, la princesse de Conti, la duchesse du Lude. Je montai dans une autre voiture avec les dames d'honneur de Marie-Adélaïde. Comme à l'accoutumée, je redoutais les piques de mes deux ennemies, mais peut-être lassées de voir qu'elles ne réussissaient pas à me mettre en colère ou à m'attrister, elles bavardèrent entre elles sans m'adresser la parole. Je soulevai donc le mantelet de cuir de la portière pour admirer le paysage.

Plusieurs dizaines de carrosses se mirent en chemin. Nous ne nous arrêtâmes point avant Chantilly, dînant même à l'intérieur des voitures pour ne pas nous ralentir.

À Chantilly, nous fûmes fort bien accueillis par M. le prince de Bourbon-Condé et son épouse. Tout le monde fit le tour du parc qui, d'après ceux qui connaissaient déjà les lieux, avait été considérablement embelli.

Nous y demeurâmes deux journées occupées à la promenade et aux divertissements. Bourgogne, Anjou et Berry s'amusèrent à tirer des lapins.

Je suivis Marie-Adélaïde qui visita les couvents de la ville comme son rang l'exigeait. Mais je voyais bien à sa mine que c'était, pour elle, une corvée dont elle se serait volontiers passée. Puisque le rôle que l'on m'avait attribué consistait à essayer d'assagir la princesse, je lui soufflai à l'oreille :

— Ayez l'air plus contente.

Je balançais constamment entre le désir de satisfaire Mme de Maintenon afin qu'elle ne me renvoie point et celui de plaire à Marie-Adélaïde qui était mon amie. En voulant forcer sa joyeuse nature, elle pouvait me prendre en grippe[1] et me congédier. Fort heureusement, il n'en fut rien pour cette fois, car elle me répondit en adoptant un petit souris de circonstance :

— Vous avez raison.

Elle réussit à travestir ses sentiments et, partout où elle passa, on loua sa douceur, ce dont je me félicitais.

Le samedi 30, nous arrivâmes à Compiègne. Le maréchal de Boufflers nous reçut avec un faste incroyable. Les troupes n'étaient pas encore en place.

J'avoue qu'assister à ce genre de spectacle ne m'enthousiasmait point et je ne voyais aucun intérêt à jouer à la guerre quand la vraie est si terrible et si

1. Prendre en grippe vient du vieux verbe gripper de la même famille que griffer et signifie : prendre en aversion.

meurtrière. Mais comme Sa Majesté ne pouvait plus se passer de la jeunesse de Marie-Adélaïde et que cette dernière ne pouvait plus se passer de moi, je suivais. J'avais ainsi le privilège très recherché d'être à la fois proche du roi et de mon amie.

Le 5 septembre, il y eut une revue générale des troupes.

Les alentours étaient noirs de monde, car de nombreux seigneurs allemands, suédois, danois, anglais, italiens et d'autres nations encore étaient venus assister à ce spectacle.

Du côté français, le nombre de personnes présentes grossissait chaque jour. Il y avait des queues ininterrompues de carrosses, litières, chaises à porteurs, calèches, sans compter les cavaliers et les hommes à pied.

Le roi et la reine d'Angleterre étaient arrivés, leurs fils les ducs de Berwick et le duc d'Albemarle également.

— Le duc de Berwick vient de perdre son épouse, m'apprit Marie-Adélaïde... C'est un excellent parti et il n'a pas trente ans !...

Je la rabrouai gentiment.

— Méfiez-vous, mon amie, de ne point finir vieille fille comme Mademoiselle, me sermonna-t-elle. Cette chère Élisabeth-Charlotte a déjà failli épouser le duc du Maine, puis le roi d'Angleterre Guillaume et

Joseph de Habsbourg... mais a vingt-deux ans, elle est toujours fille et désespère qu'on lui trouve enfin un parti convenant à son rang !

— Oh, j'ai encore le temps, j'ai à peine seize ans !

— Certes, mais les années filent si vite... Enfin, pour l'heure je vous garde toutes les deux auprès de moi. Mais n'oubliez point ce que je vous ai dit...

Je promis. Mais je n'y pensais plus la minute suivante. Hélas, elle y pensait pour moi et cela me gênait horriblement, car chaque fois qu'un gentilhomme veuf ou célibataire était à proximité de nous, elle me le présentait en précisant que j'avais été élevée dans la célèbre maison d'éducation de Saint-Cyr et vantait mes qualités. Tout juste si elle n'ajoutait pas : « Elle ferait une excellente épouse. » Je rougissais, me troublais et devais paraître tout à fait niaise. Je venais juste de quitter le joug de Saint-Cyr et la liberté que je découvrais me plaisait assez. Je me jugeais trop jeune pour tomber déjà sous la coupe d'un mari. Mais il m'était difficile d'expliquer cela à Marie-Adélaïde à qui l'on n'avait point donné le choix et qui, à douze ans, se trouvait déjà mariée.

Nous observâmes les manœuvres des remparts du château d'où l'on avait une vue magnifique sur la campagne, la ville et la forêt. Bourgogne, ceint de l'écharpe blanche de général en chef, vint saluer l'assistance et le maréchal de Boufflers, chargé de représenter l'ennemi, fit de même. Mais nous n'avions d'yeux que pour Bourgogne qui avait vraiment fière allure.

Tous ces hommes dans des uniformes neufs, à pied ou à cheval, impeccablement rangés, étaient du plus bel effet.

Lorsque les exercices débutèrent, nous ne savions plus où regarder tant il y avait d'animation dans la plaine, des troupes qui avançaient au son d'une musique entraînante, étendards en avant, d'autres qui reculaient, puis se mettaient en position de tir. Le canon tonnait et me faisait sursauter. Les fusils crépitaient de tous côtés. Des nuages de poudre montaient jusqu'à nous et nous piquaient les narines.

Jamais je n'aurais pu imaginer qu'un jour j'assisterais à une bataille. Et comme les morts se relevaient pour repartir à l'assaut, j'y pris plaisir. Marie-Adélaïde battit plusieurs fois des mains en dévorant des yeux son général !

— N'est-ce pas, grand-papa, que le duc de Bourgogne est un fin stratège ? dit-elle au roi.

— En effet. Et je gage qu'il me fera honneur à la guerre.

— Oh, je vous en prie, ne l'envoyez pas à la vraie guerre... je serais trop malheureuse de le perdre.

Le roi sourit et rassura la princesse, mais je le vis observer avec grande attention la stratégie militaire de son petit-fils.

Les manœuvres durèrent vingt jours ! Et si je les suivis avec plaisir quatre ou cinq jours durant, je finis par me lasser, d'autant que je ne comprenais goutte aux stratégies employées.

Les premiers jours, Marie-Adélaïde se plaisait à circuler dans le camp pour encourager les soldats comme s'il s'était agi d'une véritable guerre. Les hommes, heureux de l'intérêt que cette jeune et jolie princesse leur accordait, la saluaient bien bas. Un jour où nous étions présentes au moment de la distribution des vivres, elle tendit la main pour obtenir un morceau de pain noir et y planta les dents avec gourmandise. Aussitôt les soldats, galvanisés par cette action, se mirent à crier :

— Vive la duchesse de Bourgogne !

Lorsque nous regagnâmes notre logis, elle me dit :

— Ainsi, lorsque mon époux leur commandera d'aller au combat, ils iront plus volontiers en pensant à moi.

Le soir, au lieu de nous reposer après le fracas de la bataille, nous participions à des divertissements : bal, tables de jeu, collation... Le maréchal de Boufflers dépensait sans compter pour plaire au roi et aux dames.

Je ne fus pas fâchée lorsque le 22 septembre nous quittâmes Compiègne pour regagner Versailles. J'avais eu mon content d'exercices militaires et j'aspirais à un peu plus de calme. Marie-Adélaïde était ravie du spectacle que lui avait offert le roi, fière de son mari et heureuse d'avoir pu jouer à la cantinière auprès des soldats.

Elle s'accommodait de toutes les situations avec grâce.

CHAPITRE

11

De retour à Versailles, point de repos !

Comme je le faisais remarquer à Marguerite tandis qu'elle entassait, une fois de plus, les vêtements de la princesse dans des malles, Mme du Lude entendit ma réflexion et m'expliqua :

— Ah, la pétulance de Marie-Adélaïde a réveillé le roi et la cour. Avant sa venue, nous sombrions dans la mélancolie et l'apathie. Sa Majesté a rajeuni de vingt ans et la gaieté est enfin de retour !

Le 2 octobre, nous partîmes avec le roi et toute la cour pour Fontainebleau. C'était la demeure préférée du roi à l'automne, car les forêts y étaient fort giboyeuses. Des centaines de carrosses se retrouvèrent sur le chemin et cette file ininterrompue de voitures était fort impressionnante.

Dès le lendemain et presque tous les après-dîners, le roi, ses fils, les dames, et bien sûr, Marie-Adélaïde allèrent à la chasse. Elle me dispensa de l'accompagner et j'en profitai, comme chaque fois, pour lire, écrire à mes parents et à ma chère Isabeau. Je n'avais point trop d'attirance pour la broderie et, depuis que j'avais quitté Saint-Cyr, je n'avais pas touché une aiguille.

J'avais surpris, un soir, le regard désapprobateur de Mme de Maintenon sur mes mains inoccupées alors que, Marie-Adélaïde, ses dames d'honneur et moi, nous devisions assises devant la cheminée. Elle brodait une nappe d'autel et quelques dames faisaient de même. Je me souvenais fort bien qu'à Saint-Cyr la règle, qu'elle avait elle-même dictée, voulait que nous ayons toujours un ouvrage à la main pendant la lecture ou la conversation. Je n'osais point soutenir son regard et je baissais les yeux.

Les paroles qu'elle avait prononcées après que la princesse m'avait choisie comme demoiselle d'honneur me revinrent en mémoire : « La princesse a besoin d'avoir près d'elle une demoiselle de son âge, pieuse, obéissante et bien éduquée. » Si je ne correspondais plus à ce qu'on attendait de moi, Mme de Maintenon risquait de me renvoyer... Je n'avais point du tout envie de revenir à Saint-Cyr après avoir goûté aux plaisirs de la cour et la peur de perdre l'amitié de Marie-Adélaïde me fit frémir.

Dès que j'en eus l'occassion, je livrai mon souci à la princesse.

— Vous n'aimez point broder ? Moi non plus ! Je me pique le doigt, mon fil s'embrouille et mes points ne sont pas réguliers, alors je laisse cette occupation à celles qui sont plus habiles. Et puisque vous êtes mon amie, personne ne se permettra de vous chercher noise à ce sujet.

J'espérais qu'elle avait raison, mais, à l'avenir, je tenais toujours dans une poche de mon jupon un mouchoir de lin, des fils et une aiguille et je les sortais dès que Mme de Maintenon prenait son ouvrage. Je tâchais ainsi de donner le change.

Mme de Montgon m'avait lancé un jour avec acrimonie :

— Non seulement vous intriguez pour être la préférée de Mme de Bourgogne, mais vous jouez la comédie de la demoiselle vertueuse auprès de Mme de Maintenon.

— Ah, madame, lui avais-je répondu, je ne souhaite que vivre en harmonie parmi vous et je regrette que vous me prêtiez de si vils sentiments.

— Oh, pour retrouver votre quiétude, vous pouvez abandonner une place que vous ne méritez pas puisque vous n'avez aucun des titres de noblesse requis pour être demoiselle d'honneur de la première dame de France.

Ces dames ne lâchaient pas prise malgré les efforts que je faisais pour gagner leur amitié et c'était fort éprouvant.

Le 12 octobre furent célébrées les fiançailles de Mademoiselle[1] avec le duc de Lorraine.

— Enfin ! s'était exclamée Marie-Adélaïde en apprenant la nouvelle. Élisabeth-Charlotte doit être heureuse d'avoir enfin un bel établissement. Mais moi, je suis triste, car elle quitte la cour pour le duché de Lorraine qui est fort loin ! Je m'entendais bien avec elle.

Pour la circonstance, Marie-Adélaïde portait une robe en damas gris brodée de fleurs d'argent, agrémentée de diamants et d'émeraudes qui s'entrecroisaient. Mademoiselle avait un habit en gros de Tours noir brodé d'or, une jupe en tissu argent brodé d'or, une mante de point d'Espagne et une superbe parure de brillants.

Leurs Majestés anglaises, la famille royale et la cour assistèrent à la cérémonie des fiançailles et à la signature du contrat de mariage dans la chambre du roi, comme la tradition l'exige pour les princes ou princesses de sang royal.

---

1. Élisabeth-Charlotte née en 1676 est la fille de Monsieur frère du roi et de la Princesse Palatine. Elle épouse le 12 octobre 1698 Léopold-Joseph-Charles, duc de Lorraine, né en 1679. Elle a 22 ans, lui 19.

Le duc d'Elbeuf représentait le marié absent de France.

Le lendemain le mariage religieux eut lieu dans la chapelle du château où toute la cour s'était entassée pour ne rien perdre du spectacle. Je pus l'observer à travers la porte entrouverte en me hissant sur la pointe des pieds et en écrasant d'autres pieds, tant il y avait de monde à faire comme moi ! Il n'y avait que robes luxueusement brodées d'or, d'argent, velours, soie, rubans multicolores, bijoux précieux, diamants, rubis, chevelures savamment coiffées et poudrées plantées de poinçons, le tout enveloppé de parfums capiteux.

Après la messe, le roi, les yeux rougis, embrassa la nouvelle duchesse de Lorraine qui fondit en larmes. Marie-Adélaïde, très émue, elle aussi, se mit à sangloter et bientôt toute la cour pleura.

Je supposais que ces torrents de larmes reflétaient l'attachement que chacun avait pour cette jolie princesse vive et charmante qui allait s'exiler dans un duché lointain. Marie-Adélaïde devait revivre aussi son propre départ de Savoie et l'arrachement à sa famille. D'ailleurs, elle resta un long moment enlacée avec Élisabeth-Charlotte à lui chuchoter des paroles d'encouragement.

Élisabeth-Charlotte quitta Fontainebleau le 15 octobre, car elle était attendue à Bar le 16 par son époux. Le roi lui fit don d'une toilette de drap d'or et de point de Venise, d'un lit, d'un tapis de table, de six fauteuils et de vingt-quatre chaises et pour vingt mille écus de linge et de dentelles. J'avais ouï dire par quelques dames du palais, toujours avides de potins, que son époux était pauvre !

Afin de dissiper la tristesse de ce départ, le roi fit donner une comédie de M. Racine, *Les Plaideurs,* puis quelques jours plus tard, on joua *Le Bourgeois gentilhomme.*

— Ce sera ma première comédie, m'avait annoncé Marie-Adélaïde, c'est la preuve que je vieillis, car Mme de Maintenon pense que ce genre de spectacle est nuisible à l'esprit des enfants.

— Je n'ai, moi non plus, jamais vu de comédie.

— À présent, le roi m'autorise à aller quand bon me semble au théâtre et à l'Opéra, et je ne vais pas m'en priver !

J'avoue avoir ri à en avoir mal aux côtes. Et je n'étais point la seule ! Marie-Adélaïde se leva même à un moment de son siège pour ne rien perdre du spectacle et Bourgogne, habituellement si sérieux, se laissa aller au rire ; quant à Berry, il était si enthousiaste qu'il faillit tomber de son siège.

Nous regagnâmes Versailles le 13 novembre et cette fois nous assistâmes à une tragédie, *Bajazet,* qui nous fit verser beaucoup de larmes.

Nous apprîmes par un courrier que Mademoiselle adressa à sa mère qu'elle appréciait fort son jeune époux qui, de son côté, lui témoignait une affection sincère.

— Ah, j'en suis heureuse ! s'exclama Marie-Adélaïde. Elle avait tant de chagrin de quitter la cour de France et les amis qu'elle y avait.

Et l'on ne parla plus du si pénible départ de Mademoiselle !

Je devais admettre qu'à la cour, à part se divertir le mieux du monde, rien n'avait vraiment d'importance !

CHAPITRE

12

L'hiver à la cour ne paraissait même point être l'hiver, car pour en oublier la rigueur, les fêtes se succédaient. Jamais je n'aurais pu imaginer un tel déferlement de luxe, de nourritures, de boissons ! Cependant, je ne boudais point mon plaisir et je participais à tous les divertissements dans lesquels m'entraînait Marie-Adélaïde, et si je n'avais eu les lettres d'Isabeau me disant que de plus en plus d'enfants étaient trouvés en haillons, tremblant de froid et de faim aux portes de la maison des Filles de la Charité, j'en aurais oublié la grande misère du pays.

Là encore, j'étais partagée entre me lamenter avec Isabeau ou m'étourdir avec Marie-Adélaïde. J'avais le sentiment de trahir la première en vivant avec la seconde et souvent, la nuit, cette dualité m'empêchait de dormir. À d'autres moments, je me persuadais que ma situation me permettait d'aider Isabeau et que, de toutes les façons, je ne pouvais point porter sur mes frêles épaules toute la détresse du monde.

Mon humeur s'en ressentait. Parfois la tristesse m'assombrissait et parfois le rire me submergeait. Un jour la princesse me dit :

— Il me semble, Victoire, que nous avons la même humeur changeante.

Étonnée par la justesse de sa réflexion, j'ajoutai :

— Je l'avais remarqué aussi.

— Parfois, la Savoie et ma famille me manquent tant que la tristesse m'envahit et d'autres fois, les divertissements, les fêtes, les plaisirs sont si nombreux que je me trouve bien heureuse.

— Je vous comprends tout à fait... mais il faut faire en sorte que la joie l'emporte sur la tristesse.

— Je m'y emploie et je crois que je n'y réussis pas trop mal ! Et puis, le roi déteste les mines tristes !

Marie-Adélaïde avait une nature gaie, et les moments sombres ne duraient guère. Les miens me semblaient plus intenses.

Afin de la divertir, le roi lui avait appris les règles du lansquenet et d'autres jeux de cartes et, le soir, ils y jouaient dans leur particulier avec quelques dames. Hélas, Marie-Adélaïde se passionna vitement pour les cartes et, dès que le roi l'y autorisa, elle s'installa autour des tables de jeu qui, lors des soirées d'appartement, étaient dressées dans les salons. Toute la cour jouait et les princesses du sang n'étaient point les dernières ! Et comme, pour ne pas démériter, il fallait jouer gros, on perdait aussi beaucoup et l'on continuait à jouer dans l'espoir de se refaire. Des fortunes furent dilapidées sur les tables de jeu et de nombreuses familles riches se trouvaient ruinées du jour au lendemain !

Je n'aimais point les cartes et, lorsque Marie-Adélaïde s'asseyait pour jouer, je lui glissais à l'oreille avant de regagner l'appartement :

— Soyez sage, fixez-vous une limite que vous ne dépasserez point.

— J'y songe, me répondait-elle distraitement.

Mais je savais qu'elle ne tiendrait pas compte de mon avertissement. C'était seulement pour bien assumer mon rôle que je lui tenais ce langage.

Lorsque, au petit matin, elle regagnait ses appartements, elle se désolait :

— Ma tante va encore me laver la cornette[1], j'ai dépensé tout mon avoir et le roi sera fâché contre moi ! Et bien sûr, les trois bâtardes[2] ne manqueront

1. Me gronder.
2. Les deux filles de Mme de Montespan : Louise-Françoise, Mlle de Nantes, épouse de Louis III de Bourbon-Condé ; Marie-Anne, deuxième Mlle de Blois, épouse de Philippe d'Orléans. La fille de Louise de La Vallière : Marie-Anne, première Mlle de Blois, épouse de Louis-Armand, prince de Conti.

pas cette occasion de me discréditer auprès de leur royal papa...

— Ah, il est vrai, madame, que le lansquenet vous fait tourner la tête !

— J'aime parier gros... cela met une excitation incomparable dans le jeu. Si l'on mise peu, le plaisir n'est point le même.

— J'ai peur que Mme de Maintenon ne partage votre opinion... Elle m'a engagée afin que je vous aide à vous bien conduire. Si je faillis à ma mission, elle me renverra.

— Je ne la laisserai point faire, je vous aime trop !

Elle leva vers moi un index faussement menaçant et ajouta :

— Et vous, vous êtes beaucoup trop sage. J'aimerais que vous vous amusiez plus ! Vous ne jouez pas aux cartes, vous n'aimez point la chasse, vous dansez à peine, vous picorez les douceurs au lieu de les dévorer, et vous vous accordez à peine le plaisir de jouer à la ramasse, à la balançoire ou au mail !

— C'est que je n'y ai point été habituée.

— Certes, mais puisque tout cela vous est offert, il faut en profiter ! Et je ne parle même pas de votre indifférence pour les gentilshommes que je vous présente !

— Oh, madame, c'est que, comme je vous l'ai déjà dit, je m'estime trop jeune pour me marier et que je n'ai point envie d'être déjà séparée de vous...

Elle me sauta au col en riant et m'assura :

— Ah, quelle bonne amie vous êtes !

Je ne sais si Marie-Adélaïde fut grondée par Mme de Maintenon et sermonnée par le roi, mais elle continua à jouer chaque fois que l'occasion se présenta. Mon inquiétude perdura donc. La sienne, quant aux attaques perfides des filles légitimées du roi, était fluctuante. Tantôt elle craignait que ces dames ne réussissent à lui ôter l'estime du roi, tantôt elle était si bien persuadée de l'affection du monarque qu'elle se permettait de les narguer. Cette situation était fort désagréable.

— Ah, me disait-elle alors le soir lorsque nous devisions après que la chandelle fut éteinte, s'il n'y avait que le roi et Mme de Maintenon, ma vie serait un enchantement... mais il me faut sans cesse me méfier de ces dames qui m'accusent de voler leur place et qui sont prêtes à toutes les vilenies pour me discréditer.

— Pourtant, les princesses rivalisent entre elles afin d'organiser dans leur demeure et en votre honneur les plus beaux divertissements ! Souvenez-vous des bals en masque donnés par la duchesse du Maine, de la superbe loterie imaginée par la princesse de Conti et de la belle comédie et du feu d'artifice grandiose lors de la soirée de la princesse de Condé.

— C'est qu'elles veulent afficher leur amitié pour moi devant le roi, mais dès qu'elles peuvent me calomnier, elles ne se gênent point !

Je la réconfortais, lui promettant de l'aider à déjouer les pièges qu'on lui tendrait, de la conseiller au mieux et de la soutenir. Mais, dans mon particulier, je ne savais comment m'y prendre, ne parvenant pas, moi-même, à arrêter les méchancetés que les deux demoiselles d'honneur m'infligeaient.

En février 1699, Marie-Adélaïde, les princesses du sang et une grande partie de la cour assistèrent à l'audience accordée par Sa Majesté à Abdalla Ben Aischa, ambassadeur du grand sultan du Maroc Mulay Ismaël.

Marie-Adélaïde passa de longues heures à se préparer :

— Le roi souhaite montrer à cet envoyé d'un roi lointain toute la magnificence de la France, me dit-elle, alors je dois porter la plus riche de mes robes et mes plus beaux bijoux. Toutes les princesses auront à cœur d'en faire autant et je veux les supplanter !

— Vous n'aurez aucun mal ! Vous êtes la plus jeune et la plus jolie !

— Le roi m'a appris qu'il espérait que cette audience et les cadeaux somptueux qui seraient offerts au grand sultan Mulay Ismaël permettraient la libération des chrétiens captifs à Meknès.

— Il faut le souhaiter.

— On a prévu de mener cet ambassadeur dans nos plus beaux palais, nos plus beaux monuments et de l'éblouir par des divertissements, des bals, des feux d'artifice ! Je n'ai jamais rencontré quelqu'un venant d'un pays si différent du nôtre et j'ai grande hâte de le voir.

Comme j'étais moi aussi très intriguée, je me faufilai dans la galerie déjà noire de monde. Le roi arriva bientôt, traversa la longue pièce en accordant ici et là un souris à quelques dames qui manquèrent se pâmer de joie et un regard à un ou deux gentilshommes qui s'inclinèrent bien bas, puis il s'assit sur son trône surmonté d'un dais de velours et de glands en or.

L'ambassadeur vêtu d'une sorte de longue étoffe blanche s'avança, suivi d'une importante escorte d'hommes vêtus comme lui. Chacun portait un présent, coffrets, sabres, tissus précieux, coussins supportant tiares et colliers. Le tout fut déposé aux pieds du roi. L'ambassadeur commença par un discours à son attention. Il enchaîna par un long compliment à la duchesse de Bourgogne. Le sieur François Pétis de La Croix en assura la traduction :

« Madame, submergé comme je le suis actuellement par la générosité du plus grand monarque du monde, et noyé dans l'océan de sa munificence, ma coupe devrait déborder de joie... »

Je vis les lèvres de Marie-Adélaïde se crisper pour se retenir de rire.

« Mais l'honneur que me fait ce jour d'hui Sa Majesté, en me permettant de rendre hommage à une princesse dont le mérite bien plus élevé que son âge l'a rendue digne de s'unir... »

Marie-Adélaïde se contint... mais pour combien de temps ?

« ... de joindre ma voix à celle de l'Europe et de faire connaître au peuple d'Afrique les mérites édifiants de votre illustre personne qui ont fait de vous l'Étoile du matin et l'Aube rayonnante de la paix... »

La traduction donnait des phrases si étranges et si ronflantes que je partageais l'hilarité de la princesse et je n'étais pas la seule... mais, fort heureusement, les gens de la cour étaient trop loin pour que l'ambassadeur puisse nous entendre. La malheureuse Marie-Adélaïde eut bien du mal à contenir son rire. Parfois, une sorte de gloussement lui échappait. Elle se mordait les lèvres, levait les yeux au plafond pour chercher à se distraire. Et le discours fut long, long...

Enfin, le roi se leva et dit :

— Je suis bien aise, monsieur, de vous voir. Je nommerai sous peu des commissions pour écouter vos propositions.

L'ambassadeur et tous ses acolytes quittèrent la salle à reculons, en faisant tous les cinq pas une révérence. C'était, à dire vrai, une bien curieuse danse, car ils étaient fort habiles à lancer le pied et le genou d'une certaine façon afin de ne pas s'emberlificoter dans leur longue robe. Choir devant le roi de France n'était pas imaginable ! Mais Marie-Adélaïde pouffait de plus belle alors que les princesses du sang parvenaient à se maîtriser. Personnellement, je l'excusai. Elle n'avait pas encore quatorze ans !

Lorsque Marie-Adélaïde revint dans son appartement afin de se changer, elle me dit :

— Il y a longtemps que je n'avais point eu un tel fou rire !

— Pas si longtemps... souvenez-vous des espiègleries que vous fîtes subir à la princesse d'Harcourt à Marly !

Marie-Adélaïde éclata de rire et poursuivit :

— Elle est si peureuse ! Oh, je l'entends encore appeler au secours lorsque les pétards que Louis et moi avions disposés dans l'allée longeant le pavillon où elle séjournait éclatèrent ! Elle crut sans doute à l'attaque en règle du bâtiment par le roi de Prusse !

— Et la nuit où vous l'avez bombardée de boules de neige !

— Un grand moment de rire ! Si vous aviez vu sa tête lorsque, réveillée en sursaut, assommée par les boules que Louis, Berry et moi nous lui lancions, elle s'agitait sur son lit comme une anguille en criant que nous voulions sa mort !

Je me sentis obligée de lui faire la morale.

— Il serait temps, Marie-Adélaïde, de renoncer à ces farces qui nuisent à votre réputation.

— Vous avez raison, ma chère, mais je ne m'y résous pas. Louis et Berry aiment s'amuser autant que moi. Quant au roi, je crois qu'il a l'impression de revivre sa jeunesse, alors il nous pardonne toutes nos folies !

— Ne craignez-vous point que votre... votre hilarité ne blesse l'ambassadeur et ne nuise aux relations diplomatiques entre la France et le Maroc ?

— Oh, j'espère bien que non... sinon, je m'en voudrais beaucoup et je serais capable d'aller m'excuser à genoux devant le représentant du grand sultan... Avez-vous vu les regards insistants que le sieur Ben Aischa posait sur Marie-Anne de Conti ?

— J'étais trop loin pour percevoir ce détail.

— Eh bien, il la dévorait des yeux sans vergogne ! Et puisqu'elle est veuve, il peut même la demander en mariage[1], ainsi je serai débarrassée de cette dame qui, sous prétexte que je lui vole l'amitié du roi, son père, ne cesse de me chercher noise !

---

1. Effectivement, sur la description que lui fit son ambassadeur, le grand sultan du Maroc Mulay Ismaël tomba amoureux de Marie-Anne de Bourbon, princesse de Conti, et la demanda en mariage à Louis XIV. Celui-ci refusa.

Elle rit encore et ma mine faussement sévère ne fit qu'accentuer son hilarité :

— Voyons, Victoire, c'est une plaisanterie !

Le 21 avril, nous apprîmes la mort de Racine.

Nous nous y attendions, car lors de la représentation de *Bajazet* quelques semaines auparavant le roi avait un air sombre. Marie-Adélaïde, croyant que le thème de la pièce en était la cause, lui avait saisi la main en lui disant :

— Vous êtes comme moi, grand-papa, vous préférez rire dans les pièces que pleurer.

— Non point, j'apprécie aussi les tragédies, mais celle-ci me rappelle que notre grand poète Jean Racine est aux portes de la mort. Je demande chaque jour des nouvelles de sa santé et elles ne sont point bonnes.

Sa disparition m'attrista bien que je ne l'aie jamais rencontré, mais je pensais qu'Isabeau et les compagnes de sa classe qui avaient eu le privilège d'être dirigées par ce maître lorsqu'elles avaient joué *Esther* seraient tristes de son décès. J'écrivis à ma sœur pour me joindre à sa peine et la réconforter.

Mais comme à la cour, la tristesse n'était pas de mise, les bals, les divertissements, les loteries ne s'arrêtèrent que le temps nécessaire pour mettre le dramaturge en terre.

Et puis, le 12 mai, alors que Marie-Adélaïde et moi étions à Saint-Cyr pour assister à quelques leçons, l'ambassadeur de Savoie se fit annoncer. Marie-Adélaïde, qu'une novice avait conduite dans le bureau de Mme de Maintenon, exigea que je sois présente à l'entretien.

— S'il s'agit d'une mauvaise nouvelle, votre amitié m'aidera à la supporter, me souffla-t-elle.

Mais lorsque l'ambassadeur mit un genou en terre devant sa princesse, il était fort souriant et s'exclama aussitôt :

— Mme la duchesse Anne, votre mère, vient de mettre au monde un prince qui porte le nom de Victor-Amédée !

— Dieu soit loué ! Un prince, enfin ! Mère doit être si heureuse d'assurer la succession du trône de Savoie et père doit être si fier !

— Nous allons faire dire une messe à la chapelle afin de remercier le Seigneur pour la naissance de ce prince héritier, proposa la mère supérieure.

Marie-Adélaïde rayonnait. Jamais je ne l'avais vue si belle et si heureuse.

CHAPITRE

13

Depuis quelque temps déjà, Marie-Adélaïde ne me soufflait plus à l'oreille le nom de gentilshommes cherchant une épouse. Elle attendait, je pense, avec beaucoup d'impatience et sans doute d'appréhension le moment où elle serait vraiment la femme du duc de Bourgogne. Ainsi, elle s'étourdissait dans les fêtes et les divertissements et en oubliait de vouloir à tout prix me marier. Cela me convenait tout à fait.

Une nuit, alors que je dormais selon mon habitude sur un lit pliant dans la garde-robe, un bruit furtif me réveilla. Je pensai que Marie-Adélaïde, en proie à un cauchemar, s'était levée pour venir, auprès de moi, chercher du réconfort.

Mme du Lude, sa dame d'honneur, couchait bien dans sa chambre, mais elle était peu encline à bavarder au mi de la nuit et c'était toujours, assise sur le rebord de ma couche, que la princesse aimait à me conter ses peines, ses doutes et ses joies.

Je me levai donc, prête à l'accueillir.

Ma porte ne s'ouvrit point, mais des bruits de pas, d'étoffes froissées, des chuchotements me firent dresser l'oreille. Que se passait-il dans la chambre de Marie-Adélaïde ? Je m'enhardis jusqu'à pousser légèrement la porte et je glissai un œil par l'ouverture. La pièce était si sombre que j'aperçus juste une ombre s'agiter entre les draps du lit. J'allais bondir pour empêcher ce gredin de commettre un tel outrage, mais comme la princesse ne criait point et ne se débattait pas non plus, je m'abstins.

À cet instant, elle poussa un petit cri de joie. L'homme à son côté souffla :

— Chut !

Mme du Lude se réveilla en sursaut. Elle alluma promptement un bougeoir, le leva en direction du lit dont l'homme s'était vitement retiré et s'exclama, indignée :

— Vous, monsieur de Bourgogne ! Voulez-vous bien, sur l'heure, quitter cette chambre !

— Mais, madame... plaida le duc penaud, en chemise.

— Le roi sera fâché de voir qu'il ne peut point vous accorder sa confiance.

Bourgogne parti, Marie-Adélaïde se lamenta :

— Oh, j'espère que le roi ne le grondera pas trop sévèrement. Et puisqu'il est mon mari, quelques caresses et deux ou trois baisers ne sont point un péché !

— Sa Majesté pense qu'il est nuisible à la santé du prince et à la vôtre que vous vous connaissiez trop tôt.

— Je vais bientôt avoir quatorze ans et Louis a fêté le 6 août ses dix-sept ans !

— C'est le roi qui décide, madame, répondit Mme du Lude.

Je refermai doucement la porte afin que ni Marie-Adélaïde ni Mme du Lude ne sachent que j'avais assisté à cette altercation.

Durant plusieurs jours, Marie-Adélaïde fut maussade.

Et comme rumeurs et calomnies se répandent comme une traînée de poudre à la cour, on murmura que le roi avait effectivement abreuvé son petit-fils de reproches et que Berry, son frère, l'avait raillé de s'être retiré si prestement du lit de son épouse.

Je redoutai un instant que l'on ne m'accusât d'avoir divulgué l'information. Mais je ne fus pas inquiétée. Marie-Adélaïde avait une totale confiance en moi et jamais elle ne me soupçonna même d'avoir aperçu Bourgogne dans sa couche.

L'éclipse de soleil du 23 septembre 1699 vint fort
à propos détourner les conversations sur un autre
sujet. On ne parlait plus que de cet incroyable phénomène. Sorciers, devineresses et charlatans faisaient
courir le bruit que la fin de l'année était maudite
et que la disparition du soleil était le signe de la
puissance du malin. Aussi, toutes sortes de gens se
précipitaient dans leurs officines afin d'y quérir,
moyennant finance, des poudres et des amulettes
pour se protéger. En croisant valets, chambrières,
dames de qualité et gentilshommes, on surprenait
d'étranges conversations, dans lesquelles il était question de « mauvais présages ». Certains assuraient que
cette disparition du soleil prédisait celle prochaine
de notre roi, dont l'emblème était le soleil.

Je ne pouvais m'empêcher de frissonner, car moi
aussi, j'y avais pensé.

— Je vais consulter une devineresse, me souffla
à l'oreille Marguerite de La Borde, venez-vous avec
moi ?

Marguerite était la seule, dans l'entourage de la
princesse, à me témoigner de l'amitié. Je ne pouvais
la décevoir. J'hésitais. Je n'étais point accoutumée à
ce genre de pratique. Je finis, pourtant, par accepter.

Nous profitâmes de ce que Marie-Adélaïde passait
l'après-dîner en compagnie de Mme de Maintenon
pour prendre un coche et filer vers Paris. Marguerite

avait l'air de bien connaître l'adresse de la dame en question, car elle nous y conduisit sans hésiter.

— Vous y venez souvent ?

— Chaque fois que j'ai une décision importante à prendre. Et je ne suis point la seule. Toute la cour se croise chez la dame Rivali !

— Mais depuis l'affaire de la Voisin[1], n'est-ce point interdit ?

— Comment voulez-vous interdire une chose que les plus grands de la cour pratiquent avec tant d'assiduité... et tant de discrétion !

La Rivali n'habitait point un taudis comme je le pensais. Elle vivait dans une coquette maison et c'est une sorte de majordome qui nous introduisit dans un salon fort agréable. Ce lieu n'avait rien d'un repaire de sorcière et je me détendis un peu.

Marguerite voulut passer la première.

— Je vous attendrai dans l'antichambre, me souffla-t-elle.

Une demi-heure plus tard, la dame Rivali vêtue d'une robe d'indienne, coiffée et poudrée comme il se doit, me fit entrer dans sa chambre. De lourds rideaux occultaient la fenêtre. Une bougie seule éclairait une petite table ronde recouverte d'un tapis tombant jusqu'au sol. Elle étala les cartes, les observa,

1. Catherine Monvoisin, dite la Voisin, avorteuse, devineresse, sorcière compromise dans l'affaire des poisons et condamnée par la chambre ardente. Elle est brûlée vive le 22 février 1680.

tapa de l'index sur l'une, les saisit à nouveau, les disposa en demi-cercle, frappa à nouveau l'une d'elles de son doigt, pinça les lèvres, puis sans lever les yeux des cartes, elle me demanda :

— Êtes-vous prête à entendre ce que prédisent les cartes ?

Son ton ne me disait rien de bon, mais puisque j'étais venue jusque-là, j'acquiesçai d'un hochement de tête.

— Curieusement, me dit-elle, les cartes ne parlent point pour vous... mais pour quelqu'un qui vous est proche.

— Mon père ou ma mère ?

— Non.

— Ma sœur Isabeau ?

— Peut-être... c'est quelqu'un pour qui vous éprouvez une tendre affection... mais avec qui vous n'êtes pas obligatoirement liée par les liens du sang.

— Je... je vois.

Je ne souhaitais point prononcer le nom de la princesse afin de conserver l'anonymat de cet entretien.

— Les cartes ne lui sont point favorables... Je dirais que cette personne a déjà vécu la moitié de sa vie...

Je pâlis et l'air me manqua. Constatant ma détresse, la dame Rivali ajouta :

— Mais comme je ne connais point l'âge actuel de cette personne, il se pourrait bien que les cartes prévoient tout simplement sa fin au seuil de la vieillesse.

— Vous... vous ne voyez point qui elle est ?

Elle hésita un peu avant de m'assurer :

— Non.

Je quittai la pièce complètement tourneboulée et, lorsque je retrouvai Marguerite, je fondis en larmes entre ses bras en lui annonçant ce qu'avaient prédit les cartes.

— Voyons, me réconforta-t-elle, pourquoi voulez-vous qu'il s'agisse de Marie-Adélaïde ? Elle est jeune et en pleine santé. À mon avis, il s'agit de Mme de Maintenon qui vous a en amitié pour vous avoir donné la place de demoiselle d'honneur et dont vous appréciez aussi la bonté et la sagesse. Si elle a vécu la moitié de sa vie, il lui reste encore de bien belles années à couler !

Je séchai mes larmes et je me persuadai qu'elle avait raison. Mais une douloureuse épine s'était plantée en moi et je craignais bien qu'elle ne me quitte plus !

Afin sans doute de faire taire les rumeurs, Sa Majesté convia le sieur Gouye[1], un brillant mathématicien et astronome, à venir expliquer à ses familiers l'origine de ce phénomène. J'avais, sur l'invitation de

1. Thomas Gouye (1650-1725) est jésuite.

Marie-Adélaïde, assisté à la leçon, mais je n'avais pas tout saisi. Bourgogne, passionné par les sciences et l'astronomie, n'en perdait pas une miette.

— Ainsi, nous serons dans la nuit complète alors qu'il ne sera pas encore midi ? s'était inquiétée Marie-Adélaïde.

— Exactement, madame. D'ailleurs, les oiseaux se blottiront sur les branches pour s'endormir, les poules regagneront leur poulailler et tous les animaux agiront comme si la journée était terminée.

— Voilà une curiosité que je ne manquerai pour rien au monde ! s'était enthousiasmé le duc de Bourgogne.

— Il ne le faut point, car les éclipses visibles dans notre pays sont rares et nous ne serons probablement plus de ce monde la prochaine fois.

Sans le vouloir, le jésuite avait jeté un froid sur l'assemblée... Je regardais Marie-Adélaïde, à la dérobée. La prédiction de la dame Rivali me revint à l'esprit et me troubla, mais la princesse ne parut pas le moins du monde affectée, car elle s'exclama joyeusement :

— Eh bien, postons-nous sur la terrasse pour ne rien perdre de ce spectacle !

Comme nous étions à Fontainebleau depuis le 3 septembre pour la chasse, nous traversâmes la cour de la Fontaine pour nous accouder à la balustrade surplombant le bassin des carpes. Toute la cour s'était massée autour du canal, le nez en l'air.

Dès qu'un disque noir commença à masquer le soleil, les bavardages cessèrent. Puis, la lumière baissant de plus en plus, des murmures inquiets, quelques cris montèrent de la foule.

— Regardez ! cria Bourgogne, l'index pointé vers le colombier, les pigeons regagnent leur nid !

Enfin, lorsque la nuit fut totale, nous retînmes notre souffle et je pense que plusieurs personnes prièrent pour que la lumière revienne vite tant la tension était palpable. J'avais, quant à moi, la gorge sèche et les mains moites.

Dès qu'un croissant de soleil reparut, nous nous sourîmes béatement, comme si nous avions échappé à un danger, heureux de voir que les prévisions du sieur Gouye étaient exactes.

Après-dîner, le roi et les dames, Monseigneur et ses fils allèrent à la chasse aux lapins. Marie-Adélaïde conduisait elle-même une petite calèche où Mme du Lude et moi avions pris place. Le roi lui avait offert un charmant attelage qu'elle dirigeait avec beaucoup d'adresse, et qui lui permettait de suivre la chasse. Être dans cette voiture avec la princesse était un privilège que j'obtenais souvent au grand dam des autres demoiselles d'honneur, qui me battaient froid au retour des promenades.

La plupart du temps, le cheval de Bourgogne cara-colait dans les roues de la calèche, mais Berry était toujours devant à crier pour encourager les chiens et à tirer dès qu'un taillis bougeait.

Tout à coup, nous entendîmes des tirs, des cris, des ordres impérieux suivis d'un certain affolement.

Marie-Adélaïde pâlit, arrêta la calèche et, se pen-chant par la portière, demanda :

— Quelqu'un est blessé ?

— Je m'en vais aux nouvelles ! lui lança Bourgogne.

Il revint quelques minutes plus tard.

— C'est Berry, il...

— Quoi ! coupa Marie-Adélaïde prête à sauter le marchepied pour venir en aide au jeune prince.

— Ne vous alarmez point, ma mie, Berry n'a rien, mais il a blessé un batteur. Il refuse d'écouter les consignes et tire toujours à tort et à travers. Le roi est furieux. Il a décidé de le punir en le contraignant à demeurer huit jours dans ses appartements.

— Oh, le pauvre, le voilà privé de divertissements et de comédies. Lui qui se se réjouissait d'assister à la représentation du *Malade imaginaire* !

Le 22 octobre, le roi décida de quitter Fontainebleau pour regagner Versailles.

Aussitôt, les valets, les servantes commencèrent à décrocher les tapisseries, à ranger vêtements, linges, vaisselles dans des malles, puis à les transporter sur des charrettes qui quittèrent Fontainebleau dans un indescriptible chahut. Il y avait des ordres, des contrordres, des cris, des jurons, des éclats de rire aussi, des chevaux qui piaffaient, des ballots qui chutaient et on ne pouvait pas entrer ou sortir d'une pièce sans être bousculé par des domestiques.

Comme le temps était encore beau et que l'air était doux, Marie-Adélaïde me saisit par le bras et me dit :

— Ce remue-ménage me fatigue, allons marcher un peu dans le parc et dire au revoir aux belles carpes du roi.

Je la suivis, mais les dames chargées de ranger les nombreuses tenues de la princesse, ses coiffures, ses souliers, ses mantes dans les très nombreuses et volumineuses malles me lancèrent un regard agacé. Sans le vouloir, en me dispensant de certaines corvées, Marie-Adélaïde activait leur animosité à mon égard.

— Le roi m'a prévenue que ce soir je dormirais avec mon époux pour la première fois, me dit-elle d'un ton mutin.

Cette annonce ne me prit pas trop au dépourvu. À la cour, rien n'est jamais secret longtemps. Le bruit avait couru que Sa Majesté avait attribué à Bourgogne un nouvel appartement au premier étage avec vue sur la cour royale de Versailles et que sa chambre communiquait avec l'antichambre de Marie-Adélaïde. Le roi pensait donc qu'il était temps que les deux époux se connaissent enfin intimement.

— Je suis très impatiente... et en même temps cela m'angoisse terriblement... Et si Bourgogne se mettait à me détester... J'ai ouï dire que certaines nuits de noces étaient si abominables que, par la suite, les époux refusaient de se toucher... Ce serait affreux... J'aime Louis sincèrement et... Oh ! je ne sais plus où j'en suis...

J'étais mal placée pour lui donner un conseil. Aucun homme ne m'avait jamais approchée et j'ignorais comment il fallait se comporter pour que la première nuit se déroule au mieux.

— En avez-vous parlé avec Mme de Maintenon ?

— Grand Dieu non ! C'est un sujet si... intime.

— Mme du Lude saurait sans doute vous guider.

Elle hocha la tête mais je sentis bien qu'elle ne voulait confier ses angoisses à personne en dehors de moi. Cela me toucha. Je lui serrai le bras et je lui dis :

— Le mieux est de rester telle que vous êtes habituellement, gaie et enjouée... c'est ainsi que Louis vous aime, parce qu'il ne faut point douter de ses sentiments pour vous. Il suffit de voir les regards qu'il vous porte pour deviner qu'il est très épris de vous.

— Ah, merci, ma chère Victoire, pour ces douces paroles.

Nous marchâmes un moment en silence, laissant notre regard vagabonder sur le feuillage rougissant des arbres, puis Marie-Adélaïde me demanda :

— Et vous, mon amie, avez-vous aperçu à la cour un gentilhomme susceptible de vous rendre heureuse ?

Cette question était si inattendue que je bredouillai :

— Heu... non... À dire vrai, je n'en ai regardé aucun. Être auprès de vous et vous servir suffit à mon bonheur.

Elle me piqua un petit baiser sur la joue et me dit :

— Votre amitié m'est précieuse, vous le savez, mais je vous assure que, de mon côté, vous pouvez compter sur mon indéfectible soutien. Et tenez, je m'engage devant vous à **ce que** vous soyez la gouvernante de mes futurs enfants !

Je souris.

Que m'importaient, après tout, les mesquineries des unes et des autres puisque j'avais l'amitié de Marie-Adélaïde. Mon bonheur était complet. Je menais une vie agréable à la cour, mes aumônes aidaient Isabeau dans sa mission et, dans quelques années, je ne doutais point qu'avec l'aide de la princesse j'épouserais un gentilhomme à ma convenance.

Je me pris à rêver...

Deux me faisaient battre le cœur. Philippe d'Elbeuf dont le regard de velours m'avait enflammée lorsque nous avions dansé et qui paraissait déjà jaloux, et François d'Aumale plus discret mais qui s'inclinait avec tant de grâce lorsque je le croisais qu'il me laissait accroire que j'étais une marquise à qui il n'osait faire sa cour. Pour l'heure, j'aurais été incapable de choisir...

Mais laissons le temps au temps... il arrange souvent bien les choses.

En un quart de siècle, **Anne-Marie Desplat-Duc** a publié une soixantaine de romans dont beaucoup ont été primés. Rien de surprenant quand on sait que sa passion est l'écriture et qu'elle y consacre tout son temps. Comme elle aime les enfants, c'est pour eux qu'elle écrit des histoires qui finissent bien. Vous pouvez toutes les découvrir sur son site Internet : http://a.desplatduc.free.fr

Chez Flammarion, elle a déjà publié :

En grand format :
L'enfance du Soleil

La série « Les Colombes du Roi-Soleil » :
T. 1 : *Les Comédiennes de Monsieur Racine*
T. 2 : *Le Secret de Louise*
T. 3 : *Charlotte la rebelle*
T. 4 : *La Promesse d'Hortense*
T. 5 : *Le Rêve d'Isabeau*
T. 6 : *Éléonore et l'alchimiste*
T. 7 : *Un corsaire nommé Henriette*
T. 8 : *Gertrude et le Nouveau Monde*
T. 9 : *Olympe Comédienne*
T. 10 : *Adélaïde et le Prince noir*
T. 11 : *Jeanne, parfumeur du Roi*
La BD des Colombes du Roi-Soleil T1 et T2

Vous pouvez également découvrir le site :
http://www.lescolombesduroisoleil.com/

Dépôt légal : mars 2013
N° d'édition : L.01EJEN000933.N001
Loi n° 49-956 du 16 juillet 1949
sur les publications destinées à la jeunesse